장르별
독서법

일러두기

---

* 외국 인명, 도서명, 지명 등은 국립국어원의 외래어 표기법을 따랐으나, 예외성을 두어 대중적으로 사용되는 용어로 표기한 경우도 있다.
* 인명, 작품, 내용 등에 이해를 돕기 위해 한자, 영문 등을 병기하였으나, 경우에 따라서는 인물과 관련 작품의 해당 언어로 병기한 경우도 있다.
* 이 책은 저작권법에 의하여 보호를 받는 저작물이므로 무단 전재와 복제를 금한다.

장르별 독서법

무엇을 어떻게 읽을 것인가

임수현 지음

différance

지금, 장르별 독서법이
필요한 이유

"왜 책을 끝까지 읽기가 힘들까요?"

"책을 다 읽어도 내용이 기억이 잘 안 나요."
"독서 계획을 세워도 금세 흐지부지되어 버려요."

그간 온·오프라인으로 여러 독서 강의를 진행하면서 수강생들로부터 가장 많이 들었던 고민들입니다. 책장만 열면 잠이 쏟아진다든지, 책의 앞부분만 반복해서 읽다가 포기해 버리기 일쑤라든지, 책을 어찌어찌 끝까지 읽어도 '내용이 뭐였지?' 하고 떠올려 보면 머릿속이 하얘져 버린다는 등의 토로를 접하며 저 또한 진지하게 고민해 보게 되었습니다.

'독서는 왜 어려운 걸까?'

대체로 많은 사람들이 같은 내용을 음성 언어로 들으면 비교적 쉽게 이해하는 반면, 문자 언어로 독해해야 할 때는 어려움을 느끼는 경우가 많습니다. 읽는 행위는 독해력, 집중력, 사고력, 창의력 등의 정신 능력을 동시에 요하는 고도의 복합적 두뇌 활동이기 때문입니다. 이는 성공적인 독서 활동을 위해서는 책을 읽어 내는 인식 시스템을 바로잡는 것이 가장 근본적이고 본질적인 과제라는 점을 시사합니다.

독서는 결심으로 하는 게 아니라 머리로 하는 것입니다. 즉 정보를 효율적으로 받아들이는 방향으로 인식 체계를 개혁하는 것이 가장 중요하다는 의미입니다. 아무리 거창한 계획을 세우고 굳은 다짐을 해도, 책 내용이 실제로 머리에 들어오지 않는다면 의미가 없겠지요. 책 표지 근처에서만 맴돌다가 결국 포기해 버리는 악순환을 이제는 끝내야 합니다.

어떤 책인지에 따라 '읽는 방법'이 달라져야 합니다

기존의 독서법들은 대개 두루뭉술한 독서의 일반론을 제시합니다. 언뜻 심플하고 간단해 보이니 당장이라도 모든 책을 해치울 수 있을 것 같지만, 실전은 그리 만만하지 않죠. 왜일까요? 책은 생각보다 복잡하게 쓰여졌고, 또 우리는 그런 고차원적인 책을 원하기 때문입니다.

독서법은 장르별로 세분화되어야 합니다

책은 장르별로 다르게 집필됩니다. 어떤 장르인지에 따라 핵심적인 문제의식과 방법론이 각기 달라진다는 겁니다. 그렇다면 내가 고른 책이 어떤 장르인지에 따라 읽는 순서와 독서 포인트도 달라져야 합니다. 모든 책에는 다 계획이 있기 때문이지요. 어떤 책에든 저자의 특정한 주장이 장르에 따라 특유의 형태로 담겨 있으며, 독자에게는 이러한 계획을 빠르게 캐치할 수 있는 감각이 필요합니다. 그래야만 효율적으로 읽고 이해할 수 있기 때문입니다. 저자의 의도와 전략을 간파하여 책 전체를 '내 것'으로 재탄생시키려면 장르별로 차별화된 독서 전략이 필요합니다.

장르별 독서법은 바로 실전에서 활용할 수 있는 구체적이고 실용적인 독서 가이드라인입니다. 철학, 역사, 경제·경영, 정치·사회, 문학 부문으로 장르를 세분화하여, 각 장르별로 최적화된 맞춤형 독서 전략을 제시합니다. 각 챕터별로 제시되어 있는 풍부한 사례들을 통해 구체적인 활용법을 쉽고 재미있게 훈련할 수 있을 것입니다. 각 장르별로 좋아하는 책이나 평소에 읽고 싶었던 책을 옆에 두고 실제로 이 책의 독서법 가이드라인을 적용하여 읽어 보는 방식을 추천합니다.

자, 어떤 책부터 시작할까요?

그간 어려워서 읽을 엄두도 못 냈던 책이나 읽다가 포기해 버린 책이 있나요? 뽀얗게 쌓인 먼지를 털고 다시 책상 위로 가져와 보세요. 그리고 『장르별 독서법』과 함께 굳게 닫혀 있던 그 책장을 다시 펼쳐 봅시다. 이제껏 경험해 보지 못한 독서의 신세계를 만나 보시길 희망하며 이 책을 바칩니다.

원하는 책을 마지막 페이지까지 완벽하게 독파해 내는 그날까지, 『장르별 독서법』이 여러분 곁에 함께하기를 바랍니다.

차례

CHAPTER 1

독서의
일반론

1

독서의 목표를
분명히 하자

독서에는 목표가 필요하다. 목표는 스스로 정하는 것이며, 구체적일수록 좋다. "왜 읽는가?"에 대한 질문에 대한 답이 분명해야 "무엇을 어떻게 읽을 것인가?"에 대한 답도 얻을 수 있다. 출발선상에서 독서의 목표가 분명해야만 제대로 된 책을 선택해 효율적으로 읽을 수 있다는 의미다.

독서의 목표가 부재한 경우 '막연하게 뭐라도 읽어야 할 것 같은 의무감'이나 '있어 보이려는 허영심'으로부터 독서는 흔히 시작된다. 하지만 그 결과는 썩 좋지 않다. 이런 경우 방송에서 소개하는 책이나 유수 기관의 추천도서 중 랜덤으로 고르는 전략이 일반적인데, 이렇게 책을 읽기 시작하면 집중력을 유지하기 힘들뿐더러 남는 것도 별로 없다. 주위를 둘러보라. 우리 주변에 말초적인 재밋거리가 얼마나 많은가. 유튜브, 넷플릭스, SNS, 게임, 배달 음식 등 도처에 널려 있는 도파민 자극제들을 물리치고 무미건조한 활자를 읽으며 평정심을 유지하기란 결코 쉽지 않은 일이다.

목표는 곧 주도권이다

온몸이 짜릿할 만큼 자극적인 내용으로 점철되어 있지 않은 이상 '남이 시켜서 시작한 독서'라는 의식은 은연중에 책에 대한 흥미를 저하시킨다. 게다가 남들 다 읽었다는 고전이나 다들 좋다고 추천하는 책은 실제로 읽어 보면 막상 나에게는 어렵거나 지루하기 마련이다. 심지어 서점 매대에서 재미있어 보여서 고른 책도 읽다 보면 '어, 이런 책이었어?' 하는 일말의 배신감을 불러일으키곤 한다. 어떤 책에든 진입장벽이 존재한다. 높낮이의 차이만 있을 뿐. 이런저런 장애물을 뛰어넘어 성공적인 독서를 가능케 하는 동력은 오로지 나의 확고한 목표 의식뿐이다.

목표에 부합하는 장르의 선택이 관건이다

이를테면 '행복이란 무엇인가?'라는 질문에 대한 답을 찾는 것을 독서의 목표로 삼는다고 가정하자. 단지 행복이란 개념에 대해 이해하는 것을 넘어 실제 삶 속에서 행복해지고자 하는 욕구가 강렬하고 절실할수록 좋다. 중요한 건 기세다. 자, 그렇다면 무엇을 읽을 것인가.

행복의 본질이 무엇인지 규명하고 싶은가? 이러한 문제에 대해 고찰하는 것은 철학의 영역이다. 감정 상태로서의 행복에 대해 분석하고 싶은가? 이것은 심리학의 영역이다. 개인의 행복이 사회에 어떤 영향을 미치는지 인과 관계를 도출해 보고 싶은가? 이것은 사회학의 영역이다. 행복을 느낄 때 우리의 뇌에서 어떤 일이 일어나는지 들여다보고 싶은가? 이것은 뇌과학의 영역이다. 상상의 세계에서 대리만족을 통해 행복을 느끼고 싶은가? 이것은 문학의 영역이다.

스스로 묻고 답해 보자. 나는 과연 어떤 영역에서 행복의 의미를 탐구하기를 원하는가? 과연 어떤 장르의 도서를 통해 내가 원하는 행복에 가까이 다가갈 수 있을 것인가? 이처럼 관심사를 구체화하면 목표 달성에 더욱 적합한 책을 선택할 수 있다.

원하는 것을 얻어 내고자 하는 목적의식이 독서의 집중도를 높인다. 개인적인 목표와 필요에 따라 도서 장르의 선택은 달라져야 하며, 그에 따라 독서 방법도 차별화되어야 한다. 전략적인 독서는 성공적인 독서로 이어진다.

2

표지에
속지 말자

　서점에 들어서면 일단 눈이 즐겁다. 매대에 가지런히 진열된 책들은 저마다 기발하고도 세련된 디자인의 외양을 경쟁하듯 뽐낸다. 형형색색의 컬러로 장식된 책표지와 호기심을 자극하는 제목이 눈길을 사로잡는다. 자본의 논리로 치장한 책들의 면면은 화려하고 유혹적이다.

실망하는 순간 끝이다

　표지 디자인의 진화는 책에 대한 관심도를 높이고 구매욕을 자극한다는 측면에서 고무적이다. 하지만 맹점이 있다. 멋진 표지 이면에 오히려 완독률을 저하시킬 위험이 도사리고 있다는 것이다. 표지가 눈에 띄고 홍보 문구가 자극적일수록 재미를 기대하며 무지성적으로 책을 구입하는 독자의 비중이 높아지기 때문이다. 책의 겉면만 보고 충동 구매한 독자가 책을 읽는 과정에서 많은 장애물에 맞닥뜨리게 되는 것은 당연한 일이다. '재미있어 보여서 샀는데 지루하네. 역시 책에서 재미를 기대하는 건 무리야'와 같은 실망감과 함께 책은 방치되고 만다. 이처럼 재미가 독자의 유일한 기대 요소일 경우 책은 너무나도 쉽게 효용 가치를 상실해 버린다. 혹은 표지에 비해 마치 '질소 과자'마냥 내용물이 부실하고 빈약할 경우에는 이루 말할 수 없는 허탈감을 유발하기도 한다. 독자가 시간을 들여 읽는 노력을 상쇄할 만큼의 보상과 보람이 없다고 느끼는 순간 책은 빛을 잃는다. 안타깝지만 당연한 수순이다.

Don't Judge a Book by Its Cover

화려한 표지와 창의적인 제목이 무작정 나쁘다는 게 아니다. 설령 책 내용이 생각했던 것과 다를지라도 책 읽기를 지속하게 만들 동인이 반드시 있어야 한다는 것이다. 그 동인이란 바로 독자 스스로 설정한 독서의 목표다. 확고한 독서 목표는 '내가 왜 이 책을 읽기로 결심했는가'를 끊임없이 상기시키며 완독을 향해 나아가게 만드는 등대와도 같다.

책표지와 맹목적인 사랑에 빠지지 말자. 일단 표지는 과감하게 건너뛰고 서론을 살펴보며 저자가 이 책을 집필한 동기와 문제의식이 나의 목표와 부합하는지 확인하자. 또한 목차를 통해 주제의 범위, 방법론과 논의의 흐름을 개관하며 나의 관심사와 합치하는 장르의 책인가를 판단해 보자. 나의 목표에 부합하는 책이라는 확신이 섰을 때 선택해도 늦지 않다.

3

순서대로
읽을 필요 없다

책은 저자의 핵심적인 주장과 근거로 이루어져 있다. 이를 파악하는 데 있어 서론과 목차의 중요성은 아무리 강조해도 지나치치 않다. 이에 못지않게 중대한 위상을 갖는 것이 바로 결론이다. 책의 결론부에 저자의 집필 동기, 방법론, 핵심 주장과 근거가 압축적으로 정리되어 있기 때문이다. 이토록 중요한 결론을 읽기 위해 굳이 오래 기다릴 필요가 없다. 과감하게 책의 맨 뒷부분부터 펼쳐 결론부터 읽자. 결론을 먼저 읽는 것은 이 책이 나의 목표에 부합하는 주제와 장르의 책인지 확인할 수 있는 가장 확실한 방법이다. 또한 지엽적인 정보의 홍수 속에서 길을 잃지 않고 전체적인 방향성에 대한 감각을 유지하도록 도와주는 긍정적인 측면도 있다. 즉 결론을 먼저 읽음으로써 나무가 아닌

숲 전체를 조망하는 통합적인 관점을 가질 수 있다는 의미다.

결론에 핵심이 있다

서울대 도서관 대출 1위에 빛나는 베스트셀러 『총, 균, 쇠 (Guns, Germs, and Steel)』(1997)를 예로 들어 보자. 퓰리처상을 수상한 세계적 석학 제러드 다이아몬드(Jared Diamond, 1937~)의 저작으로 생리학, 지리학, 진화생물학, 조류학, 역사학, 정치학 등 다양한 학문 분야의 지식과 이론이 등장하여 난해하며 분량 또한 방대하다. 책의 유명세에 대한 호기심으로 이 책을 선택했다면 벽돌만 한 책의 두께와 매 페이지를 빼곡히 채운 빽빽한 활자에 압도당하는 기분을 느낄 것이다. 하지만 방법은 있다. 서론과 결론부에서 책 전체를 아우르는 핵심 문장 몇 개를 추출해 내면 시작은 훨씬 쉬워진다.

이 책의 서문에서 저자는 핵심 주장을 다음과 같이 친절하게 알려 주고 있다.

"기자들은 저자에게 한 권의 긴 책을 한 문장으로 요약해 달라고 요청하는 경우가 많다. 이 책의 핵심 문장은 다음과 같다. '민족마다 역사가 다르게 진행된 것은 각 민족의 생물학적 차이 때문이 아니라 환경적 차이 때문이다.'"

이어서 그는 총 4개 장 19개 챕터별 핵심 주장에 대해서도 간략한 프리뷰를 제시한다. 독자로 하여금 본격적인 독서에 앞서 책의 전반적인 플로우를 숙지하고 머릿속으로 책 내용을 구조화할 수 있도록 돕는 것이다.

자, 이제 본문 700여 페이지를 뛰어넘어 맨 뒤의 결론 챕터로 이동하자. 이 책의 결론부인 에필로그에서 저자는 핵심 주장을 다시금 강조하며 앞서 건너뛴 700여 페이지에 녹아 있는 근거들을 요약 제시하고 있다. 그는 "민족마다 역사가 다르게 진행된 것은 각 민족의 생물학적 차이 때문이 아니라 환경적 차이 때문이다"라는 문장을 제시하며 핵심 키워드인 '환경적 차이'의 종류와 근거에 대해 두 페이지 분량 정도로 간결하게 압축해 두었다.

결론부를 토대로 책 전체의 내용을 구조화하면 다음과 같다.

핵심 주장

"민족마다 역사가 다르게 진행된 것은 각 민족의 생물학적 차이 때문이 아니라 환경적 차이 때문이다."

세부 주장

가축화·식물화의 재료인 야생 동식물의 대륙 간 차이가 중요하다.
근거: 잉여 식량 축적은 사회의 복잡화·계층화·중앙집권화의 결정적 기반이다.

세부 주장

대륙 내 확산·이동 속도에 영향을 미치는 대륙 가로축의 너비가 중요하다.
근거: 대륙의 주요 축이 동서 방향일 경우 비슷한 위도의 환경이 생태적·지리적으로 유리한 환경을 조성하며 기술 혁신의 확산에도 유리하다.

세부 주장

대륙 간 확산·이동 속도에 영향을 미치는 기후·지형 조건이 중요하다.
근거: 대륙 사이에 놓인 대양, 열도 등 지형 조건과 대륙 간 기후 조건 차이 등이 가축·작물 이동 및 기술 혁신 확산 속도에 영향을 미친다.

세부 주장

각 대륙의 면적 및 전체 인구 규모의 차이가 중요하다.
근거: 면적이 넓고 인구가 많을수록 더 많은 발명, 경쟁, 혁신의 기회를 갖는다.

사실 책 전체를 읽지 않더라도 결론부를 이처럼 구조화하여 숙지한다면 『총, 균, 쇠』가 어떤 책인지 남에게 대강 설명하는 것 정도는 어렵지 않다. 그다음엔 본격적으로 본문을 읽으며 통계, 사례 분석, 인터뷰, 일화 등 각 주장을 뒷받침하는 지엽적인 자료들을 구조의 각 단계 속에 끼워 넣기만 하면 된다. 책 속의 정보들이 일견 중구난방으로 배열되어 있는 것 같지만 사실 그 자리에 배치된 분명한 이유가 있다는 것을 구조화 작업이 우리에게 알려 준다. 구조화 작업을 통해 머릿속에서 질서 정연하게 분류되고 위치 지어진 정보들은 핵심 주장을 뒷받침하는 근거로서 기억에 오래 남는다. 이처럼 결론부의 구조화 작업은 효율적인 본문 독해를 돕는 결정적인 무기가 된다. '시작이 반이다'라는 말은 독서에서도 유효하다.

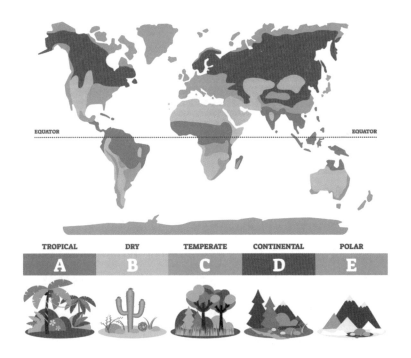

::

쾨펜 기후 구분

Köppen Climate Classification

4

독서 노트를
쓰자

책 내용을 기억에 선명히 남기기 위한 가장 좋은 방법은 중요한 내용을 기록하면서 읽는 것이다. 앞서 설명한 것과 같이 책 전체의 내용과 각 챕터별 내용을 간결하게 구조화하여 정리하는 것은 큰 도움이 된다. 주장과 근거를 구조화하는 과정에서 책 내용을 머릿속에 일목요연히 입력할 수 있고, 또 기록을 통해 시각화함으로써 선명하게 기억할 수 있다. 그저 페이지를 넘기며 수동적으로 읽는 것과 책의 내용을 재구성하고 기록하며 능동적으로 읽는 것은 결과적으로 천차만별의 차이를 낳는다.

비판적으로 검토하며 나의 생각을 기록하자

저자의 핵심 주장과 근거를 정리하는 것은 기본이다. 진정 독서 노트가 의미가 있으려면 저자의 주장에 대해 반론을 제기하고 내 나름의 근거로써 뒷받침하는 작업이 필수적이다. 결국 가장 중요한 것은 '나의 생각'이라는 것이다. 저자의 주장을 무분별하게 수용할 것이 아니라 '과연 그런가?' 하고 비판적으로 검토하며 최종적으로 나의 견해를 정립하는 것이 참된 독서 활동의 완성이다.

나아가 저자가 제시하는 근거들의 사실 관계가 옳은지, 논리적으로 타당한지를 판단해 보고, 더욱 적절한 근거가 있다면 찾아서 기록해 본다. 이 과정에서 상식이 비약적으로 확대되는 효과를 체험할 수 있을 것이다. 관련 자료를 검색하고, 비교하고, 분석하고, 기록하는 과정을 거치며 지식은 비로소 '내 것'이 된다. 기억하라. 나의 머리와 손을 통해 재구성한 지식만이 살아 있는 지식이다. 독서 노트는 나만의 살아 숨 쉬는 백과사전이 된다.

::

구스타브 카유보트의 〈서재에서 글 쓰는 남자의 초상화〉

〈Portrait of a Man Writing in His Study〉 by Gustave Caillebotte

나의 세계관을 찾아서

문학 작품을 읽을 때도 노트 전략은 유용하다. 주옥 같은 문장을 발견하는 순간 필사를 통해 가슴 깊이 아로새기며 극도의 카타르시스를 느낄 수 있다. 특히 소설 속의 특정 인물에 감정 이입하여 그의 행위의 옳고 그름에 대해 판단해 보거나, 내가 그러한 상황에 처했다면 어떤 선택을 했을지 가정하며 기록하는 작업은 스스로의 세계관과 가치관을 파악하는 데 큰 도움을 준다. 또한 해석이 분분한 대목이나 상징 등에 대해 어떠한 논의와 연구가 이루어지고 있는지 조사해 보고 나름대로의 관점으로 의미를 해석해 보는 것도 흥미로운 작업이다. 이러한 기록들이 축적되면 나만의 유니크한 문학 비평이 된다.

5

어휘력은
생명이다

문해력의 핵심은 어휘력이다. 빠르고 정확한 독해를 위해서는 고유어, 한자어, 외래어를 막론하고 최대한 많은 단어의 의미를 즉각적으로 해석할 수 있어야 한다. 어휘력은 핵심 개념들의 의미를 직관적으로 파악하는 데에 필수적인 근간이 되고, 행간에 숨어 있는 의미를 파악하는 데에도 도움을 준다.

한자어는 여전히 중요하다

단연 중요한 것은 한자어다. 처음 봐도 대강 뜻을 유추할 수 있는 고유어나 외래어와 달리, 처음 보는 한자어의 경우 한자가 병기되는 등의 단서가 없다면 의미를 파악하기가 대단히 어렵기 때문이다. 가급적 고유어 사용을 장려하는 최근의 추세에도 불구하고 원활한 독서를 위해서는 여전히 한자어가 중요함을 인정해야 한다. 국내 출판 도서의 경우에는 말할 것도 없고, 외국어로 쓰여진 원서를 적확하고도 간결하게 한글로 번역하는 과정에서 한자가 동원되는 것이 불가피하기 때문이다. 특히 철학, 사회과학, 자연과학 등 추상적인 개념이 다수 등장하는 이론서의 경우 생경한 한자어로 점철되는 경우가 일반적이다. 이것이 바로 독서의 진입장벽을 높이는 주요한 원인이 되기도 하다. 하지만 독서를 통해 무언가를 새롭게 알고자 한다면 반드시 넘어서야 할 허들이다.

'선험'은 뭐고, 또 '후험'은 뭐지?

일례로 독일의 철학자 임마누엘 칸트(Immanuel Kant, 1724~1804)의 철학적 개념인 '선험(先驗, a priori)'에 대해 생각해 보자. 칸트 철학에서 이를 빼놓고는 논의가 불가능할 정도로 핵심적인 개념이지만 어떠한 사전 지식도 없이 '선험'이라는 단어의 뜻을 이해하기란 쉽지 않다. 다만 이 단어를 이루는 한자가 병기되었을 경우, 즉 '앞설 선(先)', '경험할 험(驗)'의 조합이라는 점으로 미루어 '경험에 앞서는'이라는 의미로 추측 가능하다. 실제로 '선험'이라는 개념은 '후험(後驗, a posteriori)'이라는 개념과 대비되어 '모든 경험으로부터 독립적으로', '모든 현실적인 지각에 앞서', '대상에 대한 모든 지각에 앞서', '모든 감각 인상들로부터 독립적인' 등의 의미를 갖는다. 이는 원어인 라틴어 'a priori'가 갖는 의미인 '처음부터, 최초의 것으로부터'에 더하여 칸트가 부여한 철학적 의미가 덧입혀진 독특한 철학적 개념인 것이다.

자, 그렇다면 칸트가 의도한 바를 모두 반영하면서도 순수 한글로 그의 책을 번역하려면 '선험', '후험'을 어떤 단어로 대체해야 할 것인가. 한 권의 저작에서 적어도 수백 번 넘게 등장할 이 개념들을 순수한 고유어로 풀어서 일일이 번역하려면 책의 두께는 아마 배 이상 늘어날 것이다. 결국 의미를 단 두 글자에 함축하는 한자어를 활용하는 방안이 현실적으로 불가피하다. 한자어로 번역된 철학적 개념어는 일견 난해해 보이지만 일단 그 뜻을 이해하기만 하면 오히려 사용하기 편리하고 경제적이다.

::

요한 고틀리브 베커의 〈임마누엘 칸트〉

〈Immanuel Kant〉 by Johann Gottlieb Becker

유의어(類義語) 학습으로 가용 단어를 늘리자

꼭 '선험'과 같이 난해한 철학적 개념이 아니더라도 우리는 일상에서 다양한 한자어들을 접하게 되며 정확한 사전적 의미를 모르더라도 직관적으로 그 뜻을 유추하여 이해하곤 한다. 반드시 단어의 정확한 한자 구성과 사전적 의미를 검색해 보지 않더라도 상대방의 말과 글 속에 포함된 여러 단어들을 즉각적으로 이해하며 원활히 의사소통을 할 수 있는 것은 우리가 기존에 보유한 어휘력 덕분이다. 어휘력 수준이 높아질수록 간결하고도 적확한 단어를 풍부하게 구사할 수 있고, 불편함 없이 읽을 수 있는 책의 난이도 역시 높아지며, 그 범주 또한 넓어진다.

나만의 유의어 사전 만들기

나만의 유의어 사전을 만들어 보자. 가용한 단어 풀(pool)이 획기적으로 넓어질 것이다. 가능하면 한자를 병기하여 눈에 익히는 것을 추천한다. 유추해 낼 수 있는 단어의 수가 획기적으로 늘어날 것이다.

우리가 일상에서 흔히 사용하는 '거절하다'라는 단어를 예로 들어 보자. 이는 '상대편의 요구, 제안, 선물, 부탁 따위를 받아들이지 않고 물리치다'라는 뜻을 가지고 있는 단어로서 특정한 상황에 따라 유의어로 대체하여 활용할 여지가 있다. 유의어는 큰 견지에서는 비슷한 뜻을 가지고 있지만 미묘한 뉘앙스의 차이를 가지고 있는 단어들로서 용례를 잘 숙지해 두면 효율적인 독서에 도움이 될 뿐 아니라 훨씬 더 세련되고 정확한 언어 구사를 가능케 한다.

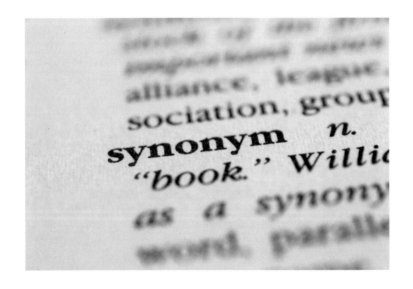

'거절(拒絕)하다'의 유의어

거부(拒否)하다	뜻	요구나 제의 따위를 받아들이지 않고 물리치다.
	특이사항	완강함, 공적이며 명확한 물리침의 뉘앙스 내포
	예시	음주 측정을 거부하다.
사양(辭讓)하다	뜻	겸손하여 받지 아니하거나 응하지 아니하다. 또는 남에게 양보하다.
	특이사항	겸손한 마음으로 자신의 이익을 희생하는 양보의 뉘앙스 내포
	예시	벼슬을 사양하다.
사절(謝絕)하다	뜻	요구나 제의를 받아들이지 않고 사양하여 물리치다.
	특이사항	공적이며 단호하고도 정중한 거절의 뉘앙스 내포
	예시	면회를 사절하다.
고사(固辭)하다	뜻	제의나 권유 따위를 굳이 사양하다.
	특이사항	(좋은) 제안에 대한 공적이며 단호한 거절 의사의 뉘앙스 내포
	예시	그녀는 당으로부터의 간곡한 출마 권유를 고사했다.
기각(棄却)하다	뜻	소송을 수리한 법원이, 소나 상소가 형식적인 요건은 갖추었으나, 그 내용이 실체적으로 이유가 없다고 판단하여 소송을 종료하다.
	특이사항	법률 용어로 주로 쓰임
	예시	원고의 소송을 기각하다.

일축(一蹴)하다	뜻	소문이나 의혹, 주장 따위를 단호하게 부인하거나 더 이상 거론하지 않다.
	특이사항	자신과 관련된 세간의 루머가 틀렸다고 선을 긋는 뉘앙스 내포
	예시	사람들의 우려를 일축해 버릴 만큼 그의 기량은 뛰어났다.
퇴짜 놓다	뜻	물건이나 의견 따위를 받아들이지 아니하고 물리치다.
	특이사항	'퇴짜'의 어원은 '퇴자(退字: 상납한 포목의 품질이 낮은 경우에 물리치는 뜻으로 그 귀퉁이에 '退'자를 찍던 일이나 또는 그런 글자)'
	예시	소개팅을 한 뒤 마음에 들지 않아 퇴짜를 놓았다.

6

입체적으로
이해하자

책은 2차원이다. 활자가 평면으로 인쇄되어 있다는 것은 장점
이자 단점이다. 문자 언어는 지식 전달의 가장 강력한 수단이므
로 문자 언어의 집합체인 책은 그 자체로 지식 습득을 위한 가장
효과적이며 효율적인 매체라는 강점을 지닌다. 반면 추상적인
언어에 집중하게 함으로써 지식을 이루는 실체에 대한 실질적인
감각을 무디게 한다는 점은 보완되어야 할 지점이다.

감각의 보완은 독자의 몫이다

독자는 평면적인 지식을 입체화시키는 노력을 기울여야 한다.

활자에 집중하되 지식이 글자로만 머물지 않도록 머릿속에 구체적인 실체를 떠올려 연결시켜야 한다는 의미다. 이를 위해 다양한 시청각 자료를 동원해야 한다. 지도, 사진, 그림, 다큐멘터리, 기록물 등 지식을 한 차원 더 와닿게 만들기 위해 참고할 수 있는 자료들은 다양하다. 사실 스마트폰 하나만 있어도 인터넷을 활용해 기본적인 자료들은 언제 어디서나 검색 가능하니 얼마나 편리한가. 박물관, 미술관에 가서 전시물을 눈으로 확인하거나 유적지를 직접 답사하며 식견을 넓히는 것도 좋은 방법이다. 주식 투자 노하우를 책으로 백날 읽어도 소액이나마 직접 거래해 보는 경험에는 미치지 못하는 법이다. 읽은 내용을 직접 눈으로 확인하고 손으로 만져 보는 등 실제적으로 경험하며 살아 있는 지식으로 만들어야 온전한 내 것이 된다.

베를린 장벽은 어디에 있었을까?

예를 들어 보자. 이 책을 읽는 독자들 중에 1989년에 독일 베를린 장벽이 붕괴되었다는 사실을 모르는 사람은 거의 없을 것이다. 분단의 상징이었던 베를린 장벽이 붕괴되면서 동독과 서독이 하나의 독일로 통일되었다는 사실 또한 말이다. 자, 그렇다면 베를린 장벽이 과연 어디에 있었는지 지도에 표기할 수 있겠는가? 놀랍게노 성발 많은 사람늘이 베를린 장벽은 동독과 서독 영토를 분할하는 분단선상에 놓여져 있었을 것이라고 당연한 듯 생각한다. 하지만 실제로 베를린이라는 도시뿐 아니라 베를린 장벽은 당시 동독 영토 내에 있었다. 이는 사실상 서독 관할이었던 서(西)베를린 또한 동독 영토 내에 마치 섬처럼 존재했음을 의미한다. 즉 베를린 장벽은 동독과 서독을 분할하는 경계벽이 아니라 동독 영토 내에 있는 서독 관할 영토를 에워싼 차단벽에 가까웠던 것이다. 실제로 지도를 통해 베를린의 위치를 확인해 보지 않았다면 베를린 장벽의 붕괴가 전적으로 동독 영토 내에서 일어난 사건이라는 사실을 깨닫고 흠칫 놀랄 수밖에 없다. 이것이 바로 평면적인 역사 공부의 폐해다. 베를린 장벽이 역사적 실체로서가 아니라 추상적인 개념으로서만 암기되었다는 의미이기 때문이다.

지식은 실제적이어야 한다. 책에서 어떤 중요한 내용을 읽었다면 어떻게든 그 실체를 파악하려는 추가적인 노력이 있어야 한다는 것이다.

::
베를린 장벽 지도
Berlin Wall Map

::
독일 지도
Germany Map

책이 기본, 시청각 자료는 보조

　참고로 요즘 유튜브 등 동영상 플랫폼에 고전을 소개하거나 역사·철학 관련 지식을 쉽고 재미있게 알려 주는 채널들이 많은데, 이러한 영상 자료는 독서의 보조적인 수단으로 이용하는 것이 좋다. 얕고 파편적인 지식은 쉽게 휘발된다. 지식을 내 것으로 만들려면 인과 관계를 따지고 의문을 제기하며 비판적으로 사고하는 과정이 필요한데, 10분 남짓의 영상을 보면서 자막에 아무리 집중해도 현란한 시청각 이미지로 인해 집중력이 흐려질 수밖에 없다. 일방향적으로 영상을 수용하는 순간에는 그 내용을 전부 이해했다고 착각하기 쉽지만, 실제로는 영상을 따라가기 바빠 자기 머리로 생각할 겨를이 없기 때문에 시간이 지난 후 남는 것은 별로 없게 된다. 다만 이러한 자료들은 독서를 하면서 관련 내용을 보완한다는 차원에서 활용하면 긍정적인 시너지 효과를 낼 수 있을 것이다.

7

속독하면서
정독하는 비결

　방금 읽은 책의 내용을 요약해서 누군가에게 알기 쉽게 설명할 수 있는가? 예를 들어 열 페이지로 구성된 하나의 챕터를 제한 시간 5분 동안 읽은 후 면접관 앞에서 프레젠테이션 한다는 생각으로 읽어 보자. 어설픈 인공지능(AI) 요약기보다는 나아야 하지 않겠는가. 사람은 시간 제한 속에서 고도의 집중력을 발휘한다. 면접관에게 제대로 설명해야 한다는 의무감과 부담감 또한 더해져 절박한 마음으로 5분 동안 초집중해서 읽게 될 것이다. 나태하게 눈이 글자만 따라가는 상황과는 천지 차이일 수밖에 없다. 또한 논리적인 말하기의 기본이 '주장+근거'이므로 자연스럽게 핵심 주장과 근거를 찾아내려 눈이 바쁠 것이다.

핵심 주장과 이를 뒷받침하는 근거를 빠르게 찾아내는 훈련에 익숙해지면 책을 읽는 속도와 정확도는 점점 더 높아진다. 속독과 정독이라는 두 마리 토끼를 잡을 수 있게 되는 것이다.

머리가 눈보다 빨라야 한다

핵심은 빠른 구조화다. 눈이 행간을 지나는 사이에 머릿속에서는 구조를 그리고 있어야 한다. 속독이란 단순히 모든 글자를 눈으로 얼마나 빨리 훑느냐의 문제가 아니다. 중요한 문장들을 얼마나 빠르고 질서 정연하게 머리에 입력하느냐가 속독의 관건이다. 즉 핵심 주장과 근거를 찾아서 논리적으로 배열하는 작업을 신속하고 정확하게 마침으로써 속독이 완성되는 것이다. 이처럼 머리가 눈보다 빨라야 한다는 점에서 속독과 정독은 궤가 닿아 있다.

다음은 르네상스 시대의 이탈리아 사상가 마키아벨리(Niccolò Machiavelli, 1469~1527)의 저작 『군주론(Il Principe)』(1532)의 한 챕터 중 일부를 발췌한 것이다. 빠르고 정확한 독해를 통해 핵심 주장과 근거를 찾아내어 세 문장 이내로 요약해 보자. 약 920자

분량의 짧은 글이므로 1분 이내로 시간 제한을 두고 연습하는 것이 좋다.

⟨군주는 어떻게 신의를 지켜야 하는가⟩

군주가 신의를 지키며 교활하게 굴지 않고 정직하게 사는 것이 얼마나 찬사받을 만한 일인지는 모두가 알고 있습니다. 하지만 이미 밝혀졌듯이 우리 시대에 위대한 업적을 남긴 군주들은 신의를 별로 고려하지 않았고, 교활하게 사람들을 속이는 법을 알고 있었으며, 결국에는 충실함에 토대를 둔 군주들을 능가했습니다.

그러므로 싸움에는 두 가지 방식이 있음을 알아야 합니다. 하나는 법으로 싸우는 것이고 다른 하나는 힘으로 싸우는 것입니다. 전자는 사람의 고유한 특성이고 후자는 짐승의 고유한 특성이지만 많은 경우 첫 번째 방식으로는 충분하지 않기 때문에 두 번째 방식에 의존합니다. 따라서 **군주는 짐승의 방법과 사람의 방법을 모두 적절하게 활용할 줄 알아야 합니다.** 옛 작가들은 암암리에 이런 내용을 군주들에게 교육했습니다. 그들은 아킬레우스를 비롯한 과거의 많은 군주가 켄타우로스족인 케이론에게 맡겨졌고, 케이론이 그들을 돌보며 훈련했다고 기록했습니다. 절반은 짐승이요, 절반은 사람인 자를 스승으로 삼았다는 사실은 군주가 두 가지 본성을 모두

갖춰야 하며 한쪽이 없으면 나머지 한쪽도 오래 지속될 수 없다는 것을 의미합니다.

즉 군주는 짐승의 방법을 쓸 줄 알아야 하는데, 그중에서도 여우와 사자를 모방해야 합니다. 사자는 덫으로부터 자신을 지키지 못하고 여우는 늑대 앞에서 꼼짝도 못 하기 때문입니다. 따라서 덫을 피하려면 여우가 되어야 하고, 늑대를 쫓아내려면 사자가 되어야 합니다. 단순히 사자에 의존하는 사람들은 이런 사실을 이해하지 못합니다. 그러므로 신중한 군주는 신의를 지키는 것이 자기에게 불리하거나 신의를 약속한 이유가 사라졌을 때, 신의를 지킬 수 없을뿐더러 지켜서도 안 됩니다. 만약 사람들이 모두 착하다면 이런 권고는 바람직하지 않을 테지만, 사람들은 사악할 뿐만 아니라 당신에게 신의를 지키지 않습니다. 따라서 당신도 그들에게 신의를 지키지 말아야 합니다. 군주에게는 신의를 지키지 못한 것을 둘러댈 합당한 이유가 있습니다. 이에 대해서는 근래의 숱한 예를 제시할 수 있고, 얼마나 많은 평화, 얼마나 많은 약속이 신의 없는 군주들 때문에 헛것이 되고 무효가 되었는지 증명할 수 있습니다. 또한 여우의 방법을 쓸 줄 알았던 사람이 더 큰 성공을 거두었습니다. 하지만 그런 성격을 잘 둘러댈 줄 알아야 하며, 능숙한 사기꾼이자 위선자가 되어야 합니다. 사람들은 무척 단순하며 눈앞의 필요에 복종합니다. 따라서 속이는 사람은 언제나 속는 사람을 찾게 됩니다.

두 가지 색의 펜을 활용하여 하나의 색(노란색)은 주장과 관련한 문장에, 나머지 색(하늘색)은 근거와 관련한 문장에 표시함으로써 주장과 근거를 시각적으로 명확히 구분하는 것이 빠른 요약에 도움이 된다. 이를 통해 '핵심 주장+근거'의 구조를 가진 다음의 세 문장으로 글 전체의 내용을 압축할 수 있다.

핵심 주장	군주는 기본적으로 신의 있어 보이되 여우처럼 필요할 때만 신의를 지켜야 한다.
근거 ①	인간의 본성은 악하므로 스스로를 지키기 위해 신의를 저버릴 줄도 알아야 한다.
근거 ②	경험적으로 여우 같은 사기꾼이나 위선자가 더 크게 성공한다.

8

다독의
원리

권수에 집착하지 말자. 많은 이들이 연초만 되면 "올해는 1년 동안 책 30권은 꼭 읽어야지!"와 같은 독서 계획을 세운다. 하지만 양을 늘리는 데 초점을 둔 무원칙적 다독은 심리적 만족은 줄 수 있을지언정 실질적인 효과는 매우 떨어진다. 일단 책을 읽는 데 충분한 시간을 투입하기로 결심했다면 시너지 효과를 극대화할 수 있도록 전략적으로 책을 선정하는 것이 중요하다.

키워드를 통해 장르의 범주를 넓히자

선결되어야 할 작업은 독서의 키워드, 즉 주제를 선정하는 것이다. 독서를 통해 어떤 이슈와 관련된 지식을 넓히고자 하는가? 예를 들어 '미국과 중국 간 패권 경쟁'을 독서 키워드로 정한다고 가정해 보자. 점차 격화되고 있는 미국과 중국 간 갈등의 본질을 이해하고 향후 패권 경쟁 양상을 예측하기 위해서 우리는 정치, 경제, 역사, 문화, 산업 등 다양한 각도에서 인사이트를 얻을 수 있다. 미중 갈등은 복합적이다. 무역 · 통상, 금융, 관세, 안보, 반도체, 첨단 기술, 인권, 대만 문제에 이르기까지 양국 간 갈등은 전방위적 양상을 띠고 있다. 이처럼 미중 갈등의 세부 영역 이슈들을 다루는 다양한 장르의 책들을 하나의 독서 사이클로 엮어 함께 읽으면 시너지 효과와 함께 식견을 획기적으로 넓힐 수 있다. 목표한 독서 키워드와 관련된 세부 장르의 범주를 가지치기하듯 넓혀감으로써 책의 권수는 자연히 늘어나게 된다.

원칙 있는 다독은 융합적 사고의 근간

또 다른 예로 '인공지능(AI)'을 독서 키워드로 정한다고 가정해 보자. 어떤 책들을 리스트에 넣을까? 가장 쉽게 떠올릴 수 있는 것은 인공지능 기술과 그 활용법을 직접적으로 다루는 IT 장르의 실용서적일 것이다. 한편 인공지능의 응용 분야가 점차 넓어지면서 법률, 데이터 과학, 의료, 예술, 교육, 엔터테인먼트 등 새로운 전문 영역에서의 인공지능 활용 방안에 대한 서적들도 늘고 있다. 인공지능처럼 트렌드에 민감한 주제일수록 최신 출간 경향을 면밀히 확인하여 책을 선별하는 것이 좋다. 이뿐만 아니라 인공지능이 인류의 미래에 실존적 위협을 가할 수 있다는 우려를 염두에 둔다면 인공지능과 관련한 가치 판단과 윤리 문제에 대해 다루는 과학 철학 및 윤리학 영역의 서적에도 관심을 기울여야 할 것이다. 인공지능 기술의 실용적 측면뿐 아니라 논란이 되는 쟁점과 가치문제에 대해서까지도 폭넓게 이해하고 자기 의견을 가져야만 이 주제에 대해 제대로 안다고 할 수 있기 때문이다. 이처럼 도서 리스트를 구성할 때 유념해야 할 점은 편향되거나 구멍이 생기지 않도록 장르의 범주를 최대한 넓히는 것이다. 하나의 키워드로 연결된 다양한 장르의 책들을 큐레이션하여 다독하는 작업은 입체적·융합적 사고의 근간이 된다는 점에서 유익하다.

::

카를 슈피츠베크의 〈책벌레〉

〈The Bookworm〉 by Carl Spitzweg

9

저자의 이력을
유심히 살피자

　누구나 글을 쓰고 책을 낼 수 있는 시대다. 서점에 신간이 넘쳐나면서 '잘 쓰인 책'을 선별하는 것은 독자의 중요한 역할이 되었다. '잘 쓰인 책'을 고르는 데 있어 유용한 판단 기준의 하나는 바로 저자의 이력이다. 저자가 어떠한 유소년기를 거쳤고, 대학 시절 어떠한 분야를 전공했고, 어떠한 학자를 사사(師事) 했는지, 또 어떠한 직업을 거쳤으며, 어떠한 수상 이력이 있는지, 그리고 다른 어떤 저작들을 출간했는지와 같은 기본적인 정보는 독자가 자신의 필요에 적합한 양서(良書)를 고르는 데에 영향을 미친다. 저자가 삶에서 축적한 직접 경험은 책 속에 고스란히 녹아들어 콘텐츠를 풍부하게 하고 퀄리티를 높이는 데 기여하기 때문이다.

역사의 산증인이 기록한 역사의 가치

　미국의 전 국무장관이자 정치학자로서 냉전시기 미-중 수교, 미-소 군비 축소 등을 주도했던 헨리 키신저(Henry Kissinger, 1923~2023)를 예로 들어 보자. 그는 냉철한 현실주의 외교를 구사하며 세계 도처에서 미국 국익의 극대화를 꾀하는 동시에 탈냉전을 이끈 장본인으로, 100세를 일기로 타계한 후에도 그의 정책과 행보에 대한 평가는 여전히 분분하다. 하지만 그가 남긴 수많은 저작의 학술적 가치에 대해서는 별다른 이견이 없어 보인다. 그를 신뢰할 만한 지식인으로 만든 것은 바로 풍부한 이력과 다양한 경험이다.

　키신저는 철두철미한 현실주의 역사가 투키디데스(Thucydides, B.C. 465~B.C. 400)의 신봉자로서 역사의 중요성을 강조하며 시공을 넘나드는 사례 분석을 통해 적실성 있게 현실을 진단하고 미래를 예측하는 역사 철학자의 면모를 보인다. 또한 미국의 닉슨·포드 행정부에서 국가안보 보좌관·국무부 장관직을 수행하며 직접 경험한 역사적 사건들과 이에 기반한 통찰력이 저작에 고스란히 담겨 있어 읽는 재미와 생동감을 더하기도 한다. 그는 실제로 그 자신이 발로 뛰는 외교관이었으며 각국을 오가는 비행기 안에서 거의 모든 외교 문서를 직접 검토했다. 말 그대로 격동의 역사를 이끌었던 주역이 쓴 책은 단지 책으로만 역사를 배운 백면서생의 평면적인 역사 서술과는 차별화될 수밖에 없다. 키신저에 대한 세간의 엇갈리는 평판에도 불구하고 그의 저작 『외교(Diplomacy)』(1994), 『세계질서(World Order)』(2014) 등이 세계적인 스테디셀러이자 국제정치학 교과서로 각광받아 온 데에는 분명한 이유가 있다.

작품에 녹아 있는 자전적 고백의 힘

또 다른 예로 독일 출신의 대문호 헤르만 헤세(Hermann Hesse, 1877~1962)를 들 수 있다. 그의 주옥같은 작품에는 실제 자신이 경험한 삶의 굴곡과 번민, 우울, 혼돈, 원망, 수치심, 죄책감 등의 감정 상태가 날것 그대로 녹아들어 있다. 그는 실제로 인생 초반기부터 강압적인 아버지와의 불화, 원치 않았던 입시 경쟁, 신학교에서의 낙오와 같은 숱한 실패와 좌절을 경험했으며 그 후 치열하게 고민하고 방황하며 괴로워하는 과정을 거쳐 스스로를 치유하고 격정을 예술로 승화시켰다. 특히 『수레바퀴 아래서(Beneath the Wheel)』(1906), 『데미안(Demian)』(1919)과 같은 자전

::
에른스트 뷔르텐베르거의 〈헤르만 헤세〉
〈Hermann Hesse〉 by Ernst Würtenberger

적 작품 속에 드러나는 진정성 있는 고백과 진실한 고뇌의 흔적
은 독자로 하여금 삶의 본질에 대해 깊이 성찰하고 스스로를 돌
아보게 한다. 그의 작품에는 강한 울림이 있다. 이것이 바로 헤세
의 작품이 시공을 초월하여 전 세계에서 꾸준히 읽히고 사랑받
아 온 까닭일 것이다.

저자에게서 무엇을 원하는가

책은 간접 경험의 통로다. 저자가 자신의 삶에서 다양한 경험
을 하며 굴곡진 인생을 살았을수록 그의 손끝에서 쓰여진 글은
더욱 진하고 깊어질 수밖에 없다. 인간은 역경을 통해 성장하는
존재이기 때문이다. 아무나 하기 힘든 특이한 경험을 해봤다거
나, 기네스북에 올랐다거나, 전문 분야에서 전 세계적으로 인정
받았다거나, 초인적인 노력으로 신체적·정신적 고통을 극복했
다거나 하는 저자의 실제 삶의 궤적은 독자에게 풍부한 간접 경
험을 제공해 줄 수 있다. 책을 고르기에 앞서 자문자답을 해보자.
나는 저자를 통해 무엇을 얻고 싶은가? 전문적인 지식을 얻고 싶
은가? 생생한 삶의 체험을 듣고 싶은가? 현실적인 조언을 구하
는가? 혹은 위로를 받고 싶은가? 자신이 독서를 통해 무엇을 얻

고 싶은지 잘 생각해 보자. 필요에 따라 저자에게 요구하는 특장점도 달라질 것이다. 자신의 니즈를 파악하고 저자의 이력을 면밀히 살펴 책을 선택하면 실패가 적다.

::
페리클레스 판타지스의 〈작가〉
〈The Writer〉 by Périclès Pantazis

세분화는
융합의 기초다

도서관에서는 도서분류체계인 '한국십진분류법(KDC: Korean Decimal Classification)'에 의해 책을 분류하여 소장하고 있고, 서점에서도 이와 유사한 자체 기준에 따라 섹션을 나누어 책을 진열하고 있다. 책의 분류가 가능하다는 것은 책이 각기 특정한 장르를 지니고 있음을 의미한다. 여러 장르가 중첩되어 애매한 책도 있고 어떤 장르인지 모호한 책도 있지만 모든 책은 자신의 특성을 가장 잘 대변하는 장르에 의거해 각자의 자리를 부여받는다.

이처럼 책의 장르를 나눌 수 있는 것은 저자의 전공지식이나 문제의식에 따라 논의를 전개하는 방법론이 달라지기 때문이다. 철학, 사회과학, 자연과학, 역사, 문학 등 각 장르에는 고유의 용어와

문법이 존재한다. 근대를 거치며 학문 분과가 세분화·전문화됨에 따라 각 학문 영역은 독자적인 연구 체계와 방법론을 발전시켜 왔다. 대학에 학부와 학과가 세분화되어 있고 각 학위 과정에서 하위 세부 전공까지 나누어져 있는 것은 이러한 근대적인 환원주의의 반영이다. 한편 최근에는 통섭(Consilience)과 융합(Convergence)의 추세에 따라 학제 간 연구와 초영역적 사고가 각광받는 추세를 보인다. 이에 따라 자유전공학부와 같이 사고의 유연성과 창의성을 장려하는 제도가 신설되는 한편, 지정학(Geopolitics), 지경학(Geoeconomics), 인지인류학(Cognitive Anthropology), 정치심리학(Political Psychology), 기술경영학(Technology Management) 등 융합 학문에 대한 관심이 높아지고 관련 도서에 대한 수요 또한 증대되고 있다. 여기서 중요한 것은, 합치는 것은 나누는 것을 전제로 한다는 측면에서 융합이 결국 세분화에 기반한다는 점이다. 잘게 쪼개어 세밀하게 들여다보는 과정을 거쳐야만 올바른 것들을 모아 무너지지 않도록 제대로 쌓을 수 있기 때문이다.

책의 장르에 따라 독서법은 달라진다

분리하든 통합하든 또 하나 변하지 않는 사실은 어떤 책에든 하나 이상의 장르가 반드시 존재한다는 것이며, 또 독자로서 우리는 저자가 채택한 방법론들을 항상 의식해야 한다는 것이다. 아무리 지식이 전문화된 시대라 하더라도 완벽히 하나의 장르만 갖고 있는 책은 드물다. 대개 하나의 책 안에는 다수의 장르가 융합되어 있다. 쉽게 말해 책의 주제와 직접적으로 연관된 핵심 장르, 그리고 근거나 변수로서 관련된 부차적 장르들이 섞여 있다는 것이다. 이를테면 글로벌 반도체 산업의 흐름을 파악하고자 할 경우 경제학, 공학, 지정학, 국제정치학 등에 기반한 다양한 이론과 설명을 받아들일 수 있어야 한다. 또 다른 예로 러시아-우크라이나 전쟁에 대해 제대로 이해하고자 한다면 역사, 정치학, 경제학, 지리학, 지정학, 통계학, 인류학 등 다각적인 관점에서 변수를 찾고 분석해야 할 것이다. 또 근거를 제시하는 과정에서 동원되는 실험, 인터뷰, 통계 분석, 참여 관찰, 문헌 연구 등 다양한 방법론의 쓰임에도 유념할 필요가 있다.

각 장르와 방법론에 특화된 독서법이 존재한다. 무엇에 대해 어떻게 쓴 책인지를 이해하면 그것을 어떻게 읽어야 할지가 보인다. 내가 알고자 하는 분야와 주제, 선호하는 장르와 방법론이 무엇인지 정확히 파악하고 책을 선택한다면 이미 절반은 먹고 들어가는 것이나 다름없다.

::

프랑스 기메 박물관 내 도서관 파노라마 전경

Panoramic View of the Library of Guimet Museum in Paris, France

CHAPTER 2

나는 누구,
여긴 어디?
: 철학

1

선입견에서 벗어나자

철학이라 하면 일단 그 이름부터가 무겁다. 왠지 어렵고 심각하고 지루하게 느껴지기도 한다. 막연한 선입견만으로도 진입장벽이 이미 높아서 접근할 엄두조차 나지 않을 수도 있다. 이러한 거리감과 부담감은 소수의 철학 애호가를 제외하고는 누구나 느끼리라 생각된다.

많은 이들이 "먹고살기 바쁜데 내가 무슨 철학을…?" 하고 생각하지만 이건 명백한 오해다. 일견 철학이 나와 상관없는 문제처럼 느껴질 수 있지만 결코 그렇지 않다. 철학은 나의 일상과 가장 긴밀하게 맞닿아 있는 학문이다. 인간은 자아를 가진 유일한 동물로서 세계와 타인과 스스로에 대해 생각하며 살아간다.

나는 누구인가? 여기는 어디인가? 당신은 내게 어떤 의미인가? 우리는 왜 사는가? 또 어떻게 살아야 하는가? 인생이란 무엇인가? 죽음 뒤에는 무엇이 있는가? 행복이란 무엇인가? 진정한 사랑은 있는가? 신은 존재하는가? 외계인은 정말 있을까? 이 세상은 시뮬레이션이 아닐까? 정의란 무엇인가? 일상을 치열하게 살아가는 와중에도 우리의 의식과 무의식 속에서는 이처럼 다양한 철학적 물음들이 꼬리에 꼬리를 물고 있다. 이러한 철학적 물음에 대해 내리는 나름의 해답은 우리가 판단하고 행동하며 살아가는 데 있어 일종의 방향타가 된다. 우리 모두는 이미 각자의 철학을 가지고 있는 것이다.

일상의 사소한 물음에서 시작하는 철학

일상의 철학적 물음에서 한 걸음 더 깊이 들어가면 본격적인 철학이 시작된다. 철학의 세계에서는 그 어떤 것도 당연하지 않다. 또 무엇을 떠올리든 우리의 감각기관으로 느낄 수 있는 것 너머에 있다. 매 순간 물질과 감각에 사로잡힌 채 숨 가쁘게 살아가는 현대인에게 눈에 보이는 것 이상의 그 무언가를 탐구하는 철학이라는 학문이 크나큰 도전일 수밖에 없는 것은 당연하

::

렘브란트 판 레인의 〈명상하는 철학자〉

〈The Philosopher in Meditation〉 by Rembrandt Harmenszoon van Rijn

다. 하지만 방법은 있다. 천천히, 가볍게 시작하는 것이다. 처음부터 거창하게 플라톤과 아리스토텔레스를 읽을 필요는 없다. 문제의식 없이 고전에 달려드는 것은 오히려 역효과를 유발한다. 그보다는 일상 속에서 문득문득 떠오르는 사소한 질문들로부터 사고의 깊이를 한 뼘 한 뼘 점진적으로 키워 나가는 것이 좋다. 현학적인 연구보다는 생활 속에서의 사고 훈련이 철학을 시작하는 가장 바람직한 방법이다.

2

나의 문제의식은
무엇인가

　일상의 사고 훈련에서 가장 중요한 것은 나의 문제의식을 명확히 하는 것이다. 나는 어떤 철학의 영역에 흥미와 호기심을 갖고 있는가? 이에 대한 답을 찾으면 나에게 적합한 책을 선택하는 일은 쉬워진다. 철학은 진입장벽이 높은 만큼 책을 고르는 데에 특히 신중해야 한다. 그래야만 호기심을 동력 삼아 꾸준히 독파해 나갈 수 있기 때문이다. 책을 선택하는 기준은 책의 유명세가 아니라 나의 문제의식이어야 한다는 점을 잊어서는 안 된다.

　철학의 영역은 다음 그림과 같이 크게 다음의 세 분과로 나눌 수 있다.

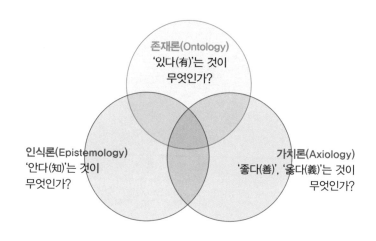

::

철학의 세 영역: 존재론, 인식론, 가치론
Three Major Areas of Philosophy: Ontology, Epistemology, and Axiology

존재론(存在論, Ontology)

첫째, 존재론이다. 존재론이란 '있다(有)'라는 것이 무엇인가를 탐구하는 철학의 분과다. 여기 있는 나는 어떤 존재인가? 나는 단일한 실체인가, 아니면 또 다른 내가 어딘가에 존재하는가? 나에게 자유의지가 있는가? 아니면 어떤 절대자의 꼭두각시일 뿐인가? 내가 보고 듣고 만지고 느끼는 것들이 과연 진짜인가? 혹시 꿈을 꾸고 있는 건 아닐까? 내가 살아가는 이 세계는 현실인가? 현실 밖에 과연 다른 세상이 있는가? 우주는 하나인가, 아니면 여러 개인가? 눈에 보이지 않는 영혼은 실재하는가? 외계인이나 귀신은 정말 있는가? 사후 세계는 존재하는가? 신이 존재한다는 근거가 있는가? 이 세계는 처음에 무엇으로부터 시작되었을까? 존재에 대한 이러한 질문들은 "진짜로 있다는 것은 무엇인가?"란 한 문장으로 요약할 수 있다. 평소 감각기관을 초월하여 존재하는 관념적 실체에 관심이 많거나 사물과 현상의 본질에 파고드는 습관이 있다면 존재론을 다루는 철학자들의 저작에 흥미를 느낄 것이다.

예를 들어 보자. 고대 그리스의 철학자 플라톤(Plato, B.C. 428/427 혹은 B.C. 424/423~B.C. 348/347)에 따르면 여러분이 지금 읽고 있는 이 책 『장르별 독서법』은 실제로 존재하지 않는다. 놀라운 주장이지 않은가? 눈으로 읽을 수 있고 손으로 만질 수도 있는 이 물리적인 사물이 '실체(實體, Ousia)'가 아니라니? 플라톤에 따르면 개별적인 책은 모든 책들을 초월해서 존재하는 영원불변한 실체이자 모든 책들이 각각 그것으로 있게 하는 원인인 책의 '이데아(Idea)'의 '모상(模像, Eikon)'일 뿐이다. 즉 실체가 아니라는 것이다. 오직 책의 본질인 '책의 이데아'만이 실재(實在)하며, 이러한 실체는 눈에 보이지 않으므로 단지 이성으로만 파악될 수 있다.

::
올드 라이브러리에 있는 아리스토텔레스의 흉상

Bust of Aristotle at the Old Library of Trinity College in Dublin, Ireland

눈앞에 책이 분명 있는데 있다고 하지 못하는 상황이 답답한가? 그렇다면 플라톤의 제자인 아리스토텔레스(Aristotle, B.C. 384~B.C. 322)에게로 눈을 돌려 보자. 플라톤과 달리 아리스토텔레스는 여러분의 눈앞에 보이는 이 책이 실제로 존재하는 실체임을 인정한다. 『장르별 독서법』의 내용은 책 형태의 하드웨어 없이는 독자의 눈앞에 실제적으로 현현(顯現)할 수 없기 때문이다. 아리스토텔레스에 따르면 한 권의 책은 종이, 잉크, 접착제와 같은 물리적 구성요소인 '질료(質料, Hyle)'와 고유한 내용, 기능, 목적 등을 위시한 '형상(形相, Eidos)'의 결합이다. 이는 물리적 실체로서의 책을 단지 갖고 있다고 해서 책의 본질 자체에 닿을 수 없음을 의미한다. 책이 쓰인 목적에 맞게 활용하기 위해서는 행간에 파고들어 치열하게 읽고, 이해하고, 느끼고, 생각해야 할 것이다.

인식론(認識論, Epistemology)

철학의 두 번째 분과는 인식론이다. 인식론은 한마디로 '지식에 대한 지식'으로, 인식과 지식의 기원, 본질, 대상, 방법, 구조, 확실성에 대해 탐구하는 철학의 영역이다. '안다는 것'은 무엇인가? 우리는 무엇을 알 수 있는가? 어떻게 알 수 있는가? 지식의 기원은 감각인가, 이성인가? 경험은 앎의 필요조건인가, 충분조건인가? 참과 거짓은 어떻게 분별하는가? 내가 알고 있는 것은 참인가? 내가 알고 있는 것이 참이라는 사실을 어떻게 정당화할 수 있는가? 우리의 믿음은 정당한 앎인가? 어떻게 확실하고도 정당한 앎을 확보할 수 있는가? 기계가 지능적으로 움직일 수 있는가? 로봇이 인간처럼 정신과 의식을 가질 수 있는가? 인공지능(AI)은 인간의 인지 능력을 어디까지 대체할 수 있는가? 이처럼 "무엇이 참된 앎인가?"로 요약할 수 있는 다양한 질문들이 바로 인식론의 주제다. 평소 스스로의 인식과 지식에 대해 의심하고 비판적으로 따져 보기를 즐기는 독자라면 인식론을 다루는 철학자들의 저작에 흥미를 느낄 것이다.

일례로 식탁 위에 빨갛게 잘 익은 사과가 하나 놓여져 있다고 가정해 보자. 누군가 이걸 보고 "이 사과는 빨갛다"라고 했을 때 이 말이 틀렸다고 문제 삼는 사람은 거의 없을 것이다. 우리의 시각이라는 감각이 그것의 옳음을 보장해 주기 때문이다. 그런데 누군가 와서 식탁 옆에 노란빛 조명을 설치했더니 이제 사과가 노란색으로 보인다면? 그렇다면 불과 몇 초 전까지만 해도 옳다고 여겼던 '이 사과가 빨갛다'라는 명제는 여전히 참일까? 이

::

폴 세잔의 〈사과 바구니〉

〈The Basket of Apples〉 by Paul Cézanne

러한 상황은 우리의 감각기관의 판단 능력에 대해서도 혼란을 일으킨다. 만약 누군가 파란빛으로 조명을 교체한다면 또다시 사과는 파랗게 변할 것 아닌가. 도대체 무엇이 진실인가? 상이한 시각을 갖고 있는 인식론 철학자들은 이 상황을 서로 다르게 해석한다.

이성을 중시하는 합리주의 철학자 데카르트(René Descartes, 1596~1650)의 경우 "나는 생각한다, 고로 존재한다(Cogito Ergo Sum)"라고 주장하며 "의심하는 내가 존재한다는 사실 외에는 무조건 의심하라! 우리가 사과를 본다는 착각은 사실 꿈이거나 악마의 지령에 따른 환각일 수도 있으니"라는 언명을 통해 우리의 눈으로 사과를 인지한다는 경험의 진리성 자체를 부정해 버린다. 한편 철저한 경험주의 철학자 버클리(George Berkeley, 1685~1753)의 경우 "존재한다는 것은 지각된다는 것이다(Esse est percipi)"라고 주장하며 사과의 색깔이 변하는 각각의 감각적 경험 모두를 인정하되 사과라는 물질이 객관적으로 존재한다는 사실 자체는 부정한다. 우리의 감각을 통해 지각되는 '빨갛고, 노랗고, 파랗다'는 관념들의 묶음을 제거하고 나면 이 세상에 남는 것은 없다는 것이다. 한마디로 경험이 전부라는 것이다. 어느 쪽이 좀 더 설득력이 있는가? 두 주장 모두 다소 극단적이지만 지식의 기원으로서의 이성과 경험의 역할에 대해 생각해 볼 수 있는 일종의 사고 스펙트럼을 제공한다.

가치론(價値論, Axiology)

철학의 세 번째 분과는 가치론이다. 좋고 나쁨, 옳고 그름, 정당함과 부당함, 아름다움과 추함 등의 가치에 대해 따지는 영역이라고 할 수 있다. 무엇이 옳은가? '좋은 것'과 '옳은 것'은 어떻게 다른가? 윤리적 판단은 참이나 거짓일 수 있는가? 선(善)과 악(惡)은 어떻게 구분되는가? 아름답다는 것은 무엇을 의미하는가? 어떤 삶이 좋은 삶인가? 바람직한 삶의 기준은 무엇인가? 행복이란 무엇인가? 자유는 어디까지 허용되는가? 바람직한 국가란 어떤 국가인가? 공정하다는 것은 무엇인가? 왜 어떤 동물은 먹어도 되고 어떤 동물은 먹으면 안 되는가? 반려견 복제는 윤리적인가? 사회의 도덕과 규범은 어떻게 형성되는가? 정치적 올바름(Political Correctness)은 모두에게 올바른가? 가치론은 우리 삶 속에서 일어나는 가치 갈등과 윤리적 쟁점에 대해 이러한 의문을 제기하고 답을 찾고자 한다. 한마디로 "무엇이 진짜로 가치 있는가?"에 대한 탐구를 촉발하는 비판적 질문들이 바로 가치론

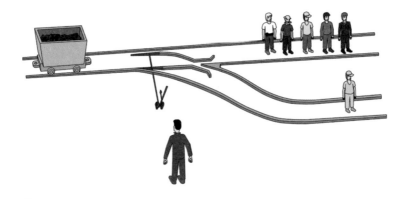

::

트롤리 딜레마
Trolley Dilemma

의 주제들이다.

　일명 '트롤리 딜레마(Trolley Dilemma)' 사고실험은 가치론적 쟁점을 내포하고 있는 좋은 예다. 전차가 선로를 따라 힘차게 달려오고 있다고 가정하자. 그런데 브레이크에 문제가 생겼다. 그대로 직진할 경우 선로에서 작업하던 인부 다섯 명이 희생되지만, 레버를 당겨 선로를 틀면 단 한 명의 인부만 희생된다. 다수의 희생을 막기 위해 레버를 당겨 선로를 바꿈으로써 무고한 인부 한 명을 희생시키는 일이 윤리적으로 정당화될 수 있는가? 아니면 다수의 희생이 예견되더라도 아무것도 하지 않음으로써 상황을 방치하는 것이 차라리 더 나은 도덕적 선택이라고 할 수 있는가? 여기에서 쟁점이 되는 문제는 다수의 희생을 앞둔 상황에서 어떠한 행위를 추가함으로써 소수를 희생시키는 것이 윤리적으로 더 낫다고 볼 수 있는지의 여부다. 일례로 행위의 동기가 아닌 결과에 따라 윤리성을 판단하는 공리주의(Utilitarianism) 철학자들의 경우 '최대 다수의 최대 행복'이라는 모토에 따라 레버를 당겨 단 한 명을 희생시켜 다섯 명을 구하는 것이 올바른 선택이라고 주장할 것이다. 반면 행동의 결과가 아닌 과정에서의 도덕적 의무와 규칙을 중시하는 의무론(Deontology) 철학자들의 경우에는 레버를 당겨 무고한 인부에게 해를 끼치는 행동은 도덕적으로 잘못되었다고 비판할 것이다. 여러분의 생각은 어떠한가?

문제의식은 독서의 강력한 동력

여러분은 철학의 세 분과 중 어느 영역에 가장 큰 흥미가 있는가? 존재론, 인식론, 가치론 중 나의 관심사가 어디에 있는지 파악하는 작업은 철학책을 선택하기 전에 가장 우선적으로 해결되어야 할 과제다. 궁금한 것이 있어야 깨닫는 것이 있다. 내가 호기심을 갖고 있는 분야에 대한 질문을 가지고 시작해야 책으로부터 무언가를 얻을 수 있다. 독서는 독자와 저자 간의 유기적인 대화이기 때문이다. 영혼 없이 수동적으로 글자를 훑는 독자는 내면에서 우러난 절실한 문제의식을 가지고 능동적으로 책에 달려드는 독자를 결코 이길 수가 없다.

3

서론과 결론을
먼저 확인하자

자, 그러면 어떤 철학책이 존재론, 인식론, 가치론 중 어느 영역을 주로 다루는 책인지 어떻게 알 수 있는가? 답은 그 책의 서론과 결론에서 찾을 수 있다. 저자의 주된 문제의식이 존재에 대한 것인지, 인식에 대한 것인지, 가치에 대한 것인지를 이해한 후 목차 구성을 확인하면 책의 전반적인 구조와 방향성을 파악할 수 있다. 철학책에서 서론과 결론은 스포일러가 아니다. 저자의 문제의식을 미리 확인하는 것은 나의 필요에 적합한 책을 선택하고 올바른 독서의 방향성을 설정하기 위한 필수적인 과정이다.

다음의 세 가지 예시를 통해 연습해 보자.

존재론

"존재의 의미에 대한 물음은 가장 보편적이면서 가장 공허하다. 그러나 이렇게 존재 의미에 대해 물음으로써 그 자신이 자신의 현존재(Dasein)에 대해 가장 철저하고 예리하게 개별화될 수 있는 가능성이 내재하게 된다. (중략) 즉 우리의 근본적인 탐구는 현존재라는 특정 존재자에 관한 특수한 해석을 통해 존재라는 개념으로 접근하는 것이며, 더구나 존재의 이해와 가능적 해석이 향하는 목적의 지평을 이 현존재에 대한 해석에서 얻으려는 것이다."

— 마르틴 하이데거, 『존재와 시간』 '서론' 中

제목부터 '존재'를 포함할 뿐 아니라 서론도 '존재'란 단어로 점철되어 있는 것으로 보아 이 책은 존재론에 대한 탐구의 결과물임을 쉽게 알 수 있다. 이 책 『존재와 시간(Sein und Zeit)』 (1927)은 독일의 철학자 마르틴 하이데거(Martin Heidegger, 1889~1976)의 독특한 존재론을 담고 있는 저작이다. 그가 서론을 통해 분명히 밝히고 있듯이 이 책의 핵심적인 문제의식은 '존재의 의미'를 밝히는 것이다.

하이데거의 '존재의 의미'란 추상적·개념적인 것이 아니라, 바

::
죽음을 향해 가는 현존재로서의 인간
Human Existence or Dasein, as a Being-Towards-Death

로 특정한 시공간 안에서 살아가는 '세계-내-존재(In-der-Welt-sein)'로서 우리 자신의 구체적 존재 의미를 뜻한다. 단지 본능에 충실한 동물과 달리 존재에 대한 이해를 갖고 존재 의미에 대해 물음을 제기할 수 있는 인간을 하이데거는 '현존재(Dasein)'라는 고유 개념으로 칭한다. 그에 따르면 주위 사물이나 타인과의 관계 속에서 '어떻게 살 것인가?'를 고민하며 자신만의 꿈과 이상을 구현해 가는 인간만의 독특한 존재 방식은 '시간성(Zeitlichkeit)'에 기반한다. 쉽게 말해 인간은 시간을 앞질러 장래를 내다볼 수 있는 존재라는 것이다. 이 과정에서 언젠가 반드시 찾아올 죽음에 대한 생각에 이르면 불안에 휩싸이게 되는데, 바로 이러한 신존적 불안이 오히려 자신만의 고유한 개성과 가능성을 찾게 하고 자기 확신과 결단에 의거해 삶을 살아가게 하는 원동력이 된다고 하이데거는 주장한다.

인식론

"내가 지향하는 바는 인간의 참다운 지식의 기원과 절대 확실성과 범위를 탐구하고, 아울러 신념(Belief), 억견(臆見, Opinion), 동의(Assent)의 근거와 정도를 탐구하는 일이다. (중략) 억견과 진리의 경계를 찾아내어, 우리에게 절대 확실한 참된 앎이 없는 사물에서는 어떠한 척도로 동의를 규정하고 신념을 완화시켜야 하는지를 검토하는 것은 가치 있는 일이다."

— 존 로크, 『인간지성론』 '서론' 中

영국의 철학자 존 로크(John Locke, 1632~1704)의 『인간지성론 (An Essay Concerning Human Understanding)』(1690) 서론은 무척 친절하게 쓰여 있다. 이 책을 집필한 과정, 의도와 동기, 책의 핵심 주제, 다루고자 하는 범위, 논의의 전개 방식, 구성, 집필의 의의, 기대 효과, 그리고 독자에게 전하는 당부의 말까지 포함한 모범적인 서론의 예시를 보여 준다. 제목으로부터 쉽게 유추할 수 있듯이 이 책의 주된 문제의식은 인식론에 관한 것으로, 우리의 일상생활과 행위에 관한 지식에 탐구의 범위를 한정한다는 것을 서론에서 분명히 하고 있다. 좋은 서론은 이처럼 구체적이어서 독자로 하여금 본론의 각 부분에서 어떤 내용이 전개될지를 예측하게 한다.

로크는 이 책에서 그 유명한 '백지설(白紙說, Theory of Tabula Rasa)'을 주장한다. 막 태어났을 때의 인간 정신은 하얀 도화지 같은 상태로 생득적인 관념 따위는 없다는 것이다. 그는 스피노자, 데카르트, 라이프니츠로 이어지는 플라톤 철학 및 합리주의의 생득 관념을 비판하며 고유의 경험주의(經驗主義, Empiricism) 이론을 전개한다. 인간의 관념은 생득관념이 아니라 후천적인 감각과 내성(內省)의 경험에 의해 얻어지며, 인식·지각·사유 등 인간 활동의 대상은 객관적인 현실이 아니라 경험에 의해 얻어진 관념이라는 것이 로크의 생각이다.

::

칸트의 묘비명

"Two things fill the mind with ever new and increasing admiration and awe, the more often and steadily we reflect upon them: the starry heavens above me and the moral law within me."

가치론(윤리학)

"여러 번 또 오랫동안 성찰하면 할수록 더욱 새롭고 높아지는 감탄과 경외를 내 마음에 가득 채우는 두 가지가 있다. 그것은 바로 내 머리 위의 별이 총총한 하늘과 내 마음속의 도덕법칙이다."

— 임마누엘 칸트, 『실천이성비판』 '맺는말' 中

칸트는 『실천이성비판(Kritik der praktischen Vernunft)』(1788)의 결론부에서 위와 같은 시(詩)적인 문장으로 도덕법칙의 중요성을 강조하고 있다. 칸트에 따르면 도덕법칙이란 모두에게 객관적으로 타당하며 보편적으로 적용될 수 있는 윤리적 실천의 원칙이다. 이것은 윤리학, 즉 가치론의 주제다.

칸트에 따르면 도덕법칙은 의무의 형식을 띤 명령이자 무조건적인 강제로서의 정언명령으로 나타난다. 정언명령에는 어떠한 조건도 붙지 않으며 필요나 목적에 따라 변하지도 않는다. 이를테면 "사람을 목적으로 대우하라"와 같은 정언명령은 언제나 타당하며 모두에게 통용될 수 있다. 입장을 바꿔서 누군가에게 수단으로 대우받고 싶은 사람은 없을 것이기 때문이다. 반면 "존경받고 싶다면 언제나 사람을 목적으로 대우하라"와 같이 조건부의 가언명령은 그렇지 않다. 가령 존경받는 것이 불필요하다고 생각히는 사람이 있다면 이러한 가르침은 무의미할 것이기 때문이다.

　이처럼 서론과 결론을 통해 책의 문제의식을 미리 확인함으로써 스스로 흥미와 호기심을 높이는 작업은 특히 철학 장르에서 필수적으로 선결되어야 한다. KCI(Korean Citation Index: 한국학술지인용색인) 등 논문 검색 사이트에서 관련 논문을 찾아 읽으며 책의 전반적인 구조와 방향성, 방법론, 쟁점 이슈 등을 미리 파악하는 것도 도움이 된다. 이처럼 책의 문제의식과 방법론을 미리 살피는 작업은 두뇌를 워밍업 하여 사고를 활성화하고 저자의 어떠한 논의도 받아들이겠다는 마음의 준비를 돕는 중요한 단계다.

4

핵심 개념을
나의 언어로 정의하자

철학이 여타 장르와 차별화되는 지점은 바로 추상적인 언어를 활용해 눈에 보이지 않는 것에 대한 논의를 전개한다는 것이다. 이 때문에 개념 정의가 중요하다. 일상적인 단어가 철학 이론의 주요 개념으로 선택될 경우 저자에 의해 새로운 의미가 부여되는데, 이 개념의 특수한 의미가 논의 체계를 이해하는 데 핵심이 되기 때문에 반드시 숙지해야만 한다.

철학의 어려움은 이러한 개념의 정의가 난해하고 현학적이라는 데서 비롯된다. 철학자들은 자신의 이론을 효율적이고도 정확하게 전달하게 위해 한자어를 주로 사용하며 문어체로 서술하기 때문에 문장을 해석하는 것 자체도 쉽지 않다. 대체로 서두에서 주요 개념에 대한 설명이 이루어지는데, 이때부터 시작되는 낯선 한자어의 폭격에 많은 독자들이 패닉을 느끼며 좌절해 버린다. 하지만 주요 개념 정의만 확실히 해도 그 이후의 작업이 훨씬 수월해진다는 점을 유념하면 첫 허들을 잘 넘는 것이 얼마나 중요한가를 이해할 수 있을 것이다. 다행히도 철학자들은 자신이 특별한 의미를 부여한 주요 개념에 대해 상세하고 반복적으로 부연 설명한다. 주요 개념이 등장할 때마다 나의 언어로 해석하고 정의하며 읽어 나가자. 최대한 자신에게 친숙한 단어와 구어체를 활용하여 노트함으로써 언제 다시 봐도 와닿도록 핵심 개념들을 풀어내는 것이 핵심이다.

익숙한 언어로 해석하여 기록하자

독일의 철학자 쇼펜하우어(Arthur Schopenhauer, 1788~1860)의 저작 『의지와 표상으로서의 세계(Die Welt als Wille und Vorstellung)』(1819)를 예로 들어 보자. 제목만 봐도 '의지(Wille)'와 '표상(Vorstellung)'이라는 두 단어가 책의 주요 개념일 것이라 짐작할 수 있다. 실제로 '의지'와 '표상'은 쇼펜하우어의 존재론, 인식론, 가치론을 설명하는 데에 빠질 수 없는 핵심 개념이다. 쇼펜하우어는 이 책에서 "세계는 나의 표상이다"라는 첫 문장으로 시작해서 "표상 너머의 의지를 부정해야만 고통에서 벗어날 수 있다"라는 결론으로 향한다. 표상과 의지란 무엇이며, 서로 어떻게 연결되는 것일까? 그저 알쏭달쏭하기만 한 쇼펜하우어의 개념과 문장들을 나의 언어로 풀어서 해석해 보자.

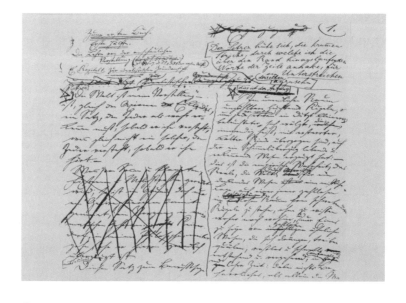

::

『의지와 표상으로서의 세계』 제2권 첫 원고

First Manuscripts of the Second Volume of *Die Welt als Wille und Vorstellung*

＊＊＊

'표상(表象, Vorstellung)'

쇼펜하우어 철학에서 '표상'이란 시각, 청각, 촉각, 미각, 후각
과 같은 신체의 감각기관으로 인지되는 대상을 의미한다. 예컨
대 우리가 바다에서 해돋이를 바라보고 있다고 가정하자. "세계
는 나의 표상이다"라는 말은 우리가 실재하는 태양을 바라보는
것이 아니라 단지 태양을 감지할 수 있는 눈을 지니고 있음에 불
과하다는 것을 의미한다. 바다가 파랗거나 검게, 혹은 태양이 빨
갛거나 노랗게 인식되는 것은 단지 그 순간 우리 눈에 그렇게 보
이는 것일 뿐이다.

다른 예로 우리가 식탁 위에 놓여진 갓 구운 빵을 집어 먹으려
한다고 가정하자. 이 경우 "세계는 나의 표상이다"라는 말은 빵
의 고소한 향을 느끼는 코, 빵의 따뜻하고 부드러운 촉감을 느끼
는 손, 노릇노릇 먹음직한 빵을 인식하는 눈을 우리가 가지고 있
다는 사실 외에 빵의 본질적인 실재를 설명하지 못한다. 만약 인
간과 다른 감각기관을 가지고 있는 외계 생물체가 있다면 태양
과 빵은 그들만의 감각 체계 내에서 또 다른 형태로 느껴질 것이
다. 이는 태양과 빵이 우리가 느끼는 모습 그대로 실재하는 것이

아니라 다만 우리가 경험하는 방식에 따라 인식될 뿐임을 의미한다.

'의지(意志, Wille)'

쇼펜하우어는 이어 "세계가 한편으론 철저히 '표상'이듯이 다른 한편으론 철저히 '의지'이기도 하다"라고 선언한다. 우리가 경험하는 세계는 마치 동전의 양면과도 같은 표상과 의미로 이루어진다는 주장이다. 표상 너머에 의지가 있다.

::
미칼로유스 콘스탄티나스
치우를리오니스의 〈일출〉
〈Sunrise〉 by Mikalojus
Konstantinas Ciurlionis

쇼펜하우어의 의지란 우리가 보통 의미하는 바(ex. '불굴의 의지')를 포함하여 욕구, 길망, 욕망, 추구, 노력, 고집, 열망과 같이 일관적이며 맹목적인 지향성을 의미한다. 구체적으로 중력의 작용, 식물을 위로 자라게 하는 힘, 강물을 흐르게 하는 힘, 인간에게 식욕과 성욕을 일으키는 힘, 나침반이 남쪽을 가리키게 하는 힘과 같이 자연계에 작용하는 모든 힘의 원천은 바로 하나, 의지라는 것이다. 어떠한 현상이 발생했을 때 감각기관으로 인식되는 객관적 인과 규칙을 배제하고 남는 것, 눈에 보이지 않지만 항상 강렬하게 작용하는 힘이자 내적 본질, 그것이 바로 의지다.

지구가 자전함에 따라 일출이라는 자연작용이 매일 일어나는 것, 밀가루에 물을 가해 반죽하면 점성을 띤 글루텐 복합체의 덩어리가 되는 것, 또 이것을 가열하여 구우면 쫄깃한 식감의 빵이 되는 것, 갓 구운 빵 냄새를 맡으면 군침이 돌고 배가 고파지는 것 등은 모두 자연의 의지가 작용한 결과로서의 표상들이다.

우리는 자연의 의지를 우리 자신의 자연인 신체와 감각기관을 통해 경험한다. 즉 의지가 있기에 표상도 있다. 달리 말해 의지가 없으면 표상도 없다.

"삶은 고통과 권태의 반복이다."

인간이 불행한 것은 의지 때문이다. 욕망과 욕구는 인간의 본질이지만 항상 결핍을 낳는다. 무분별한 열망인 의지는 언제나 원하는 표상으로 귀결되지 않기 때문이다. 즉 그 어떤 것도 마음먹은 대로 되지 않기 때문에 우리는 번민할 수밖에 없다고 쇼펜하우어는 말한다.

쇼펜하우어에 따르면 행복(Glück)이란 무언가에 대한 성취의 기대가 빨리 이루어지는 것을, 고통(Leiden)이란 무언가에 대한 성취의 기대가 더디게 이루어지는 것을 의미한다. 행복과 고통은 모두 의지 때문에 생겨나는 것으로, 행복은 보통 오래가지 못하며 고통이 기본값이다. 무언가에 대한 성취의 기대가 빨리 충족되어 행복을 맛보더라도 이는 찰나에 불과하며 곧 의욕의 대상이 제거되면 인간은 공허와 무료함에 빠지기 때문이다. 이러한 견지에서 쇼펜하우어는 우리의 삶이 진자(振子)처럼 고통과 무료함 사이를 왔다 갔다 한다고 주장한다.

의지의 부정(否定)

고통에서 벗어나기 위해 쇼펜하우어가 제시하는 해법은 바로 의지의 부정이다. 의지의 부정이란 쉽게 말해 삶에 대한 의욕을

::

요한 섀퍼의 〈아르투어 쇼펜하우어〉

〈Arthur Schopenhauer〉 by Johann Schäfer

버리는 것, 즉 금욕, 체념, 침잠, 해탈이다. 의지의 현상이 덧없고 헛되며 끊임없이 좌절된 노력으로 점철되어 있음을 깨닫고 삶에 대한 의지로부터 물러나 관조함으로써 진정한 행복과 해방에 이를 수 있다는 것이다. 나의 삶뿐 아니라 모든 삶의 본질이 고뇌임을 의식하면 곧 체념적인 비애에 이르며 성품이 부드럽고 슬프고 고상해진다고 쇼펜하우어는 말한다. 의지의 완전한 부정에 이르면 자신이 당한 개별적인 불행에 머물러 집착하지 않으며 모든 삶을 보편적인 견지에서 바라볼 수 있게 된다.

이처럼 삶의 의지를 포기한다는 것은 삶 자체를 포기하는 자살과는 다르다. 자살은 삶을 강렬하게 의욕하지만 현실적인 상황과 조건에 만족하지 못하기 때문에 자행된다. 이는 자신의 개별적인 불행에 얽매이다 못해 자신이 처한 현상을 파괴해 버리는 것으로, 의지의 부정이 아니라 오히려 의지에 대한 강렬한 집착과 좌절의 결과로 볼 수 있다.

***

온전히 알아야만 쉽게 쓸 수 있다. 철학자의 주장을 나의 언어로 풀어 쓰는 작업은 이론에 대한 정확한 이해를 요하기에 결코 간단한 일이 아니다. 하지만 그만큼 확실한 결과로 보답하는 보람된 작업이기도 하다. 단지 원서만 보고 의미를 파악하기란 쉽지 않기 때문에 검증된 해설서 혹은 KCI 등재 논문 등을 참고하여 구체적인 비유와 예시의 힌트를 얻는 것이 큰 도움이 된다. 철학은 얼마나 많은 글자를 읽느냐가 아니라 내 머리로 얼마나 많은 생각을 하느냐가 관건이다. 개념을 이해하는 과정에서 떠오르는 생각의 흐름을 잘 정리해 두면 시간이 흐른 뒤 펼쳐 보아도 기록할 당시의 사고 과정이 그대로 살아나는 경험을 하게 될 것이다.

5

예시를 통해
구체화하자

철학책은 빨리 읽는 것이 중요하지 않다. 철학자의 문장을 발췌한 명언집이나 원서를 간략하게 요약한 다이제스트 서적은 큰 그림을 보기 위한 참고용일 뿐 철학적 사고 능력 자체를 키우는 데에는 별 도움이 되지 않는다. 사고력을 의미 있게 발전시키고자 한다면 고전 원서 한 페이지라도 제대로 읽는 것이 중요하다.

제대로 읽는 것의 핵심은 바로 이론을 뒷받침하는 적절한 예시를 직접 개발함으로써 추상을 구체화하는 작업이다. 철학의 개념과 논증은 본질적으로 추상적이어서 아무리 읽어도 머릿속에 잘 흡수되지 않고 겉돌기 마련이다. 이러한 난관을 극복하기 위해서는 일상 속의 사물이나 상황을 활용해 이론을 현실화하는 사고 훈련이 필요하다. 저자가 제시한 사례를 수동적으로 읽는 것만으로는 충분치 않다. 내 머리를 굴려서 독창적인 예시를 개발하고 이론과 연관지어 설명할 수 있을 때 비로소 철학 지식은 온전히 내 것이 된다.

친숙한 대상을 포착해 이론을 적용하자

칸트의 『판단력 비판(Kritik der Urteilskraft)』(1790)을 예로 들어 보자. 이 책은 '무엇이 진짜로 아름다운가?'에 대한 탐구를 통해 미(美)의 영역을 과학과 도덕으로부터 분리하고 근대 미학을 정립한 저작이다. 이 책의 핵심 개념은 '취미판단(趣味判斷)'으로, '취미*'란 '아름다운 대상을 감상하고 이해하는 힘'을 뜻하며, '취미판단'이란 '오직 미적 판단으로서 대상이 아름다운가 혹은 아름답지 않은가에 대한 평가'를 의미한다.

칸트는 취미판단의 네 가지 계기인 '성질', '분량', '목적의 관계', '대상의 양태'를 따져봄으로써 진정한 미와 그것을 판단하는 능력이 무엇인가를 분석한다. 이러한 논의 흐름을 구조화하면 다음과 같다.

취미판단의 제1계기	**성질의 범주** "취미란 대상이나 표상 방식을 아무런 사심 없이 만족 또는 불만족을 통해 판정하는 능력이다."
취미판단의 제2계기	**분량의 범주** "미는 보편적으로 만족을 주는 것이다."
취미판단의 제3계기	**목적의 관계** "미는 어떠한 목적을 지향하지 않으나 결과적으 로 그 형식이 합목적적이다."
취미판단의 제4계기	**대상의 양태** "미란 필연적 만족의 대상으로 인식된다."

::

판단력 비판: 취미판단의 계기

'취미판단'이라는 핵심 개념과 논의 구조를 파악했다면 이제 예시를 통해 구체화할 차례다. 나는 어떠한 대상에 아름다움을 느끼는가? 내가 아름답다고 느끼는 것은 '진짜' 아름다움에 가까운가? 나는 참된 아름다움을 판별할 수 있는 판단력을 지녔는가? 앞서 언급한 칸트의 네 가지 기준을 바탕으로 검증해 보자.

다음의 두 보기 중 더 아름답다고 느껴지는 것은 무엇인가?

보기 ①은 아랍에미리트 두바이에 위치한 828m 높이의 마천

::
◀ ① 세계에서 가장 높은 건물 부르즈할리파
▶ ② 세계에서 가장 큰 나무 하이페리온

루 '부르즈 할리파(Burj Khalifa)'로, '세계에서 가장 높은 건물'이
라는 위용을 과시한다. 보기 ②는 미국 캘리포니아 레드우드 국
립공원(Redwood National Park)의 전경으로, '세계에서 가장 큰 나
무'로 기네스북에 등재된 하이페리온(Hyperion) 서식지의 모습이
다. 극도의 인공미와 압도적인 자연미, 당신의 눈에는 어느 쪽이
더 아름다운가.

칸트의 기준에 따라 검증해 보자. 우선 취미판단의 제1계기(성질의 범주)에 따르면 취미란 '대상이나 표상 방식을 아무런 사심 없이 단지 미적인 만족 또는 불만족을 통해 판정하는 능력'으로, 아름답다는 판단에 사심이 깃들어 있는지를 반성해 보아야 한다. 만약 누군가가 ①번 선택의 대가로 두바이에 보내 준다고 약속한다면 당연히 ①이 훨씬 아름다워 보이는 효과가 발생할 것이다. 다시 말해 ①과 ②중 선택하는 곳으로 공짜 여행을 보내 준다는 제안이 있다면 순수한 미적 만족이 아니라 '어디로 여행 가는 게 더 이득일까?' 하는 사심에 따라 판단을 내리게 될 것이다. 이러한 반성을 통해 일체의 이해관계와 사심을 배제했을 때 어느 쪽이 더 아름답고 덜 아름다운지에 대한 판단은 각자가 가진 미의식에 따라 다르게 나타날 것이다.

다음으로 취미판단의 제2계기(분량의 범주)에 따르면, 미는 보편적으로 만족을 주는 것이다. 내가 느끼는 아름다움이 나에게만 한정된 것이 아니라 누구에게 물어봐도 인정받을 만한 것인지를 반성해 보자. 문명이 닿지 않은 오지의 원주민들에게 끝도 없이 솟은 부르즈 할리파 사진을 보여 주면 동경 혹은 거부와 같이 반응이 극과 극으로 갈릴 것이다. 메가시티에 거주하는 도시인들에게 마천루가 별 감흥을 주지 못하는 것과는 대조되는 양상으로 말이다. 한편 살아 숨 쉬는 듯한 거대한 숲의 전경은 오지인과 도시인 할 것 없이 대체로 모두에게 심미적 만족감과 경이감을 선사할 것이다. 빛에 따라 시시각각 형태와 인상이 달라지는 자연은 식상함 혹은 진부함이라는 단어와는 거리가 멀다. 아름다운 자연에 거부감을 느끼는 지구인은 드물 것이다. 자연미는 보편적인 아름다움의 가장 좋은 예시다.

다음으로 취미판단의 제3계기(목적의 관계)에 따르면, 미는 어떠한 목적을 지향하지 않으나 결과적으로 그 형식이 합목적적이다. 어떠한 의도도 설계도 없었지만 결과적으로 조화로운 질서와 균형미를 자아내는 '무(無)목적적인 합목적성'이 '진짜 아름다움'의 핵심이라는 것이다. 부르즈 할리파의 경우엔 세계 최고층 빌딩을 염두에 두고 828m로 설계되었으며 전 세계 관광객을 끌어들이겠다는 목적을 가지고 건립되었기에 목적 지향적이다. 반면 세계에서 가장 큰 나무 하이페리온의 경우 종자 개량 등 인위적인 과정 없이 다만 자연 속에서 거대하게 높이 뻗어 있는 모습이 발견됨으로써 보호받게 되었기에 무목적적이다. 무려 116m에 육박하는 나무들이 어떤 목적을 가진 것처럼 장관을 이루고 있는 모습은 인간에게 직관적인 경이감을 선사한다. 그 큰 나무들이 정확히 어떤 질서를 추구하는지 아무도 알지 못하며 그들의 계획을 개념적으로 설명하기란 불가능하다. 하지만 레드우드를 찾은 방문객들은 자연에 깃든 오묘한 신비에 그저 경탄을 금치 못한다. 아름다움은 이해하기보다 느끼는 것이기 때문이다.

마지막으로 취미판단의 제4계기(대상의 양태)에 따르면, 미란 필연적 만족의 대상으로 인식된다. 아름다운 것이 불쾌감과 연관된 경우는 없다. 아름다움은 늘 쾌감과 연관되어 있으며 이것은 필연적이다. 무언가가 '아름답다'는 자신의 언명에 대해 암암리에 모두의 동의를 요구하는 데에서 필연성이 드러난다. 바꿔 말하면 모두의 동의를 얻을 정도는 돼야 '아름답다'라는 언명이 가능하다는 의미다. 지나치게 심오해서 부연 설명이 필요하거나 극소수의 취향에 부합하는 특이한 무언가를 가리켜 '아름답다'고 하는 것은 말하는 사람이나 듣는 사람 모두에게 어색하고 부담되고 꺼려지기 마련이다. 신비로운 숲의 경관을 아름답다고 말하는 것은 대체로 모두가 수긍할 수 있는 판단이다. 반면 하늘을 찌를 듯한 고층 빌딩이 아름답다고 말하면서 모두의 동의를 요구하는 데에는 다소 무리가 있을 수 있다. 현대 문명에 반감을 가지고 있거나 고소공포증이 있는 사람에게 마천루의 사진은 거부감이나 현기증을 일으킬 수 있음을 염두에 둔다면 아름답다는 판단에 대한 이의를 허용할 수밖에 없을 것이다.

철학을 즐거운 놀이로 만들자

자, 지금까지의 사고의 흐름을 종합해 보자. 칸트에 따르면 ①
보다는 ②를 아름답다고 선택한 사람이 더욱 우수한 미적 판단
능력을 가졌다고 볼 수 있을 것이다. 이처럼 구체적인 예시를 서
로 대조하며 차근차근 논의를 진행해 보니 재미도 있고 기억에
도 훨씬 잘 남을 것 같지 않은가? 친구들과 함께 각자 아름답다
고 생각하는 것에 대해 이야기하고 칸트의 논의에 비추어 검증
하면서 취미판단 능력을 서로 견주어 보는 것도 흥미로운 경험
이 될 것이다.

철학이 잘 와닿지 않는 것은 추상적이기 때문이다. 추상을 구
체화시켜서 내 것으로 만드는 작업은 철학을 즐거운 놀이로 만
든다.

＊취미
"당신은 취미가 무엇인가요?" 하고 물을 때의 그 '취미'가 맞다. 다만 하기한 취미의 여러
의미 중 2번의 뜻에 해당한다. 즉 '아름다운 대상을 감상하고 이해하는 힘'을 의미한다.

〈취미(趣味)의 사전적 정의〉
1. 전문적으로 하는 것이 아니라 즐기기 위하여 하는 일
2. 아름다운 대상을 감상하고 이해하는 힘
3. 감흥을 느끼어 마음이 당기는 멋

::
페테르 파울 루벤스의 〈네 명의 철학자들〉
〈The Four Philosophers〉 by Peter Paul Rubens

6

챕터별로 핵심 주제를
뽑아 보자

철학이 난해한 이유 중의 하나는 순차적인 이해를 요하기 때문이다. 본론의 각 단계가 긴밀한 논리적 연결고리로 이어져 있으므로 읽은 내용을 완전히 이해하지 못하고 넘어가면 다음 내용에 대한 이해 역시 어려울 수밖에 없다. 앞서 읽은 내용을 모두 이해했다는 전제로 다음 논의가 진행되기 때문에 매 단계 긴장과 집중이 필요하다.

논의의 흐름을 무리 없이 따라가기 위해 추천하는 방법은 챕터별로 핵심 주제를 요약하며 읽어 나가는 것이다. 대략 두세 문장이면 충분하다. 목차 순서대로 각 챕터의 핵심 주제를 정리하면 책 전체 내용이 한눈에 들어오는 구조도가 완성된다. 누가 써

준 게 아닌, 내 머리로 고민하며 요약 정리한 문장은 시간이 흐른 후에 보아도 당시의 사고 흐름과 성찰의 과정을 생생히 복기할 수 있도록 돕는다.

목차를 토대로 책의 구조도 완성하기

영국의 철학자 존 스튜어트 밀(John Stuart Mill, 1806~1873)의 『자유론(On Liberty)』(1859)을 예로 들어 보자. 이 책은 제목 그대로 자유에 관한 철학적 성찰을 담고 있는 밀의 대표 저작이다. '자유란 무엇이며, 어디까지 허용될 수 있는가?'라는 이 책의 문제의식은 가치론의 영역에 해당된다. 이 책의 목차를 뼈대로 하여 각 챕터의 핵심 주제를 적어 보자.

◈ 존 스튜어트 밀, 『자유론』

제1장 머리말

- 이 책은 시민적 자유 혹은 사회적 자유에 대한 논의다.

- 문명사회에서 구성원의 자유를 침해하는 그 어떤 권력의 행사도 정당화 될 수 없다.

제2장 생각과 토론의 자유

- 어떤 한 사람만의 견해가 다르다고 해서 사회가 그에게 침묵을 강요하는 것은, 어떤 한 사람이 자기와 견해가 다르다는 이유로 사회 구성원 모두에 게 침묵을 강요하는 것이나 마찬가지로 용납될 수 없는 것이다.

- 어떤 생각을 억압하는 것이 나쁜 이유는, 그런 행위가 현 세대뿐 아니라 미래의 인류에게까지 강도질을 하는 것과 같은 악을 저지르는 셈이기 때 문이다.

제3장 개별성(Individuality)

- 개별성이란 각자가 자신의 개성대로, 자기 방식대로 사는 것을 말한다.

- 각자의 개별성이 발전하는 것과 비례해서 사회의 가치 또한 높아진다.

제4장 사회가 개인에게 행사할 수 있는 권한(Authority)의 한계

- 자기 자신에게만 문제가 되는(Self-regarding) 삶의 부분은 개별성의 영역
에 속하므로 어떤 상황에서든 본인이 최종 결정권을 가져야 한다.

- 남에게 해를 주는 행동은 도덕적 징벌이나 처벌의 대상이 되어야 한다.

제5장 현실 적용

- 정부 조직의 원리: 효율성을 지키면서 최대한 권력을 분산하라.

- 일반 규칙은 입법부가 만들되, 일반 규칙이 미처 언급하지 못하는 세부 사
항들은 관리들이 지역 주민에 대한 책임을 의식하며 자율적으로 처리하는
것이 옳다.

7

철학자들의
MBTI는 무엇일까

어떤 책을 읽으면서 그 책을 저술한 철학자의 이미지를 재구성하는 것은 철학을 흥미롭고도 유익한 놀이로 만드는 또 하나의 유용한 방법이다. 이 과정에서 MBTI(Myers-Briggs Type Indicator)는 효율적인 도구가 될 수 있다.

MBTI란 스위스의 분석심리학자 칼 융(Carl Gustav Jung, 1875~1961)의 『심리 유형(Psychological Types)』(1921)을 토대로 구성된 자기보고식 성격 유형 검사로, 외향(E)/내향(I), 직관(N)/감각(S), 이성(T)/감정(F), 판단(J)/인식(P)의 네 기준에 따라 총 16개 유형의 결과가 도출된다. E냐 I냐, T냐 F냐와 같은 단순한 이분법을 넘어 주기능에서 열등기능까지의 기능 분화를 결정하는 것은 개인의 철학이자 세계관인 존재론, 인식론, 가치론이다. 세상을 이해하고 타인을 대하는 삶의 태도와 지향성은 바로 개 개인이 각자 지니고 있는 철학의 발로인 것이다.

철학자 고유의 세계관을 바탕으로 그의 MBTI 유형을 추정해 볼 수 있다. 정답이 있는 것은 아니다. 다만 이 탐색의 과정에서 단서를 찾기 위해 철학자의 말 한 마디 한 마디에 집중하게 되는 효과를 얻을 수 있을 것이다. 책의 문장과 행간에서 존재론, 인 식론, 가치론적 단서를 탐색하며 철학자의 이미지를 머릿속에서 재구성하는 작업은 독서의 흥미도와 집중도를 높여 줄 뿐 아니 라 읽은 내용이 기억에도 오래 남도록 돕는다.

플라톤 vs. 아리스토텔레스

고대 그리스를 대표하는 두 철학자인 플라톤과 아리스토텔레 스는 잘 알려져 있듯 사제(師弟) 관계다. 다만 제자인 아리스토텔 레스는 스승 플라톤의 입장을 그대로 따르지는 않았다. 아리스 토텔레스는 플라톤과 생각을 달리하는 부분이 있었기에 받아들 일 것은 받아들이면서도 스승을 비판적으로 계승했다. 이 두 위

::

라파엘로의 〈아테네 학당〉

〈Scuola di Atene〉 by Raffaello Sanzio da Urbino

대한 철학자의 견해는 과연 어떤 지점에서 차이를 보이며, 각자 어떤 MBTI를 가지고 있을까? 이들의 철학적 견해가 대립되는 부분에 특히 주목하면 MBTI의 추정은 더욱 수월해진다.

라파엘로의 〈아테네 학당〉 그림을 들여다보자. 유명한 이 작품에 묘사된 두 철학자의 제스처는 서로 간의 근본적인 입장 차이를 극적으로 대변하고 있다. 그림의 정중앙에 서서 서로를 바라보고 있는 두 인물이 바로 플라톤과 아리스토텔레스다. 왼쪽의 플라톤이 손가락으로 하늘을 가리키고 있는 반면, 오른쪽에 보이는 아리스토텔레스는 손가락으로 땅을 가리키고 있다. 그들은 과연 '하늘과 땅 차이'라는 관용구가 의미하듯 극단적인 관점의 차이를 갖고 있을까? 그들의 존재론, 인식론, 가치론을 토대로 철학적 견해를 비교·대조하며 각자의 MBTI를 도출해 보자.

INTJ 플라톤

플라톤은 우리의 감각기관으로 인식할 수 있는 빵, 식탁, 책, 의자 등 모든 사물들을 단지 본질을 모방한 모사물로 여겼다. 눈에 보이지 않지만 완벽하며 영원불변하는 본질, 즉 '사물 그 자체'인 '이데아(Idea)'는 현실 너머 저 상위 '이데아의 세계'에 존재한다고 그는 믿었다. 이를테면 세상의 모든 개별 빵들을 포괄하는 원형이자 본질인 '빵의 이데아'만이 보이지 않는 '이데아의 세계'에 실재한다는 것이다. 앞서 살펴본 그림 속에서 플라톤의 손가락이 가리키는 것이 바로 저 높은 곳 어딘가에 자리한 '이데아의 세계'다. 플라톤은 인간의 영혼이 본래 '이데아의 세계'에 머물러 있다가 현실 세계로 내려와 신체와 결합하면서 원래 알고 있던 만물의 본질을 망각하게 되었다고 주장하면서, 잊어버린 것을 다시 '상기(想起, Anamnēsis)'해 내려는 노력이 필요하다고 촉구했다. '상기'란 영혼에 이미 내재한 인식을 회복한다는 뜻으로, 기억을 되살리기 위해 필요한 것은 이성이라고 그는 강조했다.

이처럼 플라톤에게 중요한 것은 외부 세계에 존재하는 개개의 사물이 아니다. 그보다는 나의 영혼이 이미 알고 있었지만 현생에서 망각해 버린 보편적 진리를 이성을 활용해 되살려 내는 일에 힘쓰는 것이 더욱 중요하다. 이처럼 플라톤은 에너지를 내면으로 초집중할 것을 촉구한다. 즉 순도 높은 내향형(I)의 특성을 보인다.

또한 플라톤이 인식을 위해 중시하는 것은 현실의 경험이 아니라 내면 직관의 힘이다. 신체기관을 통한 감각은 불완전하며 가변적이어서 참된 앎을 인식하는 데에 오히려 방해가 된다는 것이 그의 생각이다. 감각은 때때로 지각 가능한 것들을 영혼에 올려놓는 도구적 역할을 하지만 결국 이를 통합하여 인식을 산출하는 것은 영혼이라고 그는 주장한다. 이처럼 그는 감각의 부차적인 역할을 부분적으로 인정하긴 해도 인식에 있어 본질적인 중요성을 갖는 것은 역시 영혼의 직관이라고 본다. 그는 확신의 직관형(N)이다.

한편 플라톤은 인생의 목적이 '덕(德, aretē)'의 실현에 있고 영혼은 덕이 실현되는 장소라고 주장한 스승 소크라테스(Socrates, B.C. 470~B.C. 399)의 가르침을 이어받아 보다 체계적인 영혼론으로 발전시켰다. 그는 영혼을 '이성적 부분, 격정적 부분, 욕망적 부분'으로 삼분(三分)하고, 이성이 격정과 욕망을 잘 다스릴 때 '지혜·용기·절제'라는 각각의 덕이 조화를 이루어 정의로운 인간이 된다고 주장했다. 이처럼 감정을 이성이 컨트롤 해야 할 대상으로 본 데서 사고형(T)의 면모가, 계획적이고 합리적이며 절제된 삶을 촉구한 데서 판단형(J)의 면모가 두드러진다.

종합하면 플라톤은 INTJ의 면모를 갖는다고 해석할 수 있다. 여러분의 생각은 어떠한가?

::
루카 델라 로비아의 〈논리학〉(플라톤과 아리스토텔레스의 논쟁을 표현)
〈Logic〉(Represented by Plato and Aristotle) by Lucca della Robbia

ESTJ 아리스토텔레스

플라톤과 달리 아리스토텔레스는 눈에 보이는 현실 세계를 긍정한다. 그는 본질이 현실 너머의 보이지 않는 곳에 존재하는 것이 아니라 우리가 지각할 수 있는 현실의 사물과 육체 안에 존재한다고 본다. 예를 들어 인간의 육신이 물리적 재료인 '질료

(Hyle)'라면 몸을 움직이게 만드는 원리인 영혼이 바로 '형상 (Eidos)'이다. 이처럼 육신과 영혼이 결합되어 인간이라는 하나의 '실체(Ousia)'로 존재하는 것이다. 그에 따르면 인간은 이성을 활용해 지각 가능한 개별 실체들로부터 보편 형상을 발견할 수 있다. 아리스토텔레스가 앞의 그림에서 손가락으로 땅을 가리키고 있는 모습은 바로 우리가 발 딛고 서 있는 현실 세계에 본질이 있다는 주장을 대변한다. 이처럼 아리스토텔레스는 현상과 본질이 구별은 되지만 이원적으로 분리는 되지 않는다는 일원론 (一元論)으로 플라톤을 반박한다.

플라톤이 오로지 내면의 직관을 최우선시한 것과 달리 아리스토텔레스는 감각 경험의 중요성을 높이 평가한다. 아리스토텔레스에 따르면 감각 경험에서 촉발된 문제의식이 본질에 대한 통찰로 이어지는 과정에서 지식의 획득이 이루어진다. 그는 궁극적으로 우리가 추구해야 할 지식이 본질적 · 보편적 진리라는 플라톤의 생각에 동조하면서도 독립적 실체를 갖는 개별 사물들에 대한 경험의 가치를 인정한다. 가령 플라톤이 이성을 통해 '빵의 이데아'를 획득해야 한다고 주장한다면, 아리스토텔레스는 역으로 이 세상에 존재하는 다양한 형태의 빵들을 관찰하고 먹어봄으로써 진정한 빵의 형상을 발견할 수 있다고 주장할 것이다. 이처럼 아리스토텔레스는 에너지의 초점이 외부 세계로 향하는 외향형(E)에 가까우며 경험을 중시하는 감각형(S)의 면모를 보인다.

한편 아리스토텔레스는 인간의 궁극적인 목적이 '행복(Eudaimonia)'이라고 주장한다. 여기서 유의해야 할 점은 그가 정의하는 행복이 흔히 우리가 말하는 쾌락이나 욕구가 충족된 주관적 감정 상태로서의 행복이 아니라는 것이다. 그에 따르면 행복이란 인간 고유의 기능인 영혼의 덕이 있는 활동을 통해 자기실현을 하는 것으로서 객관적 성취의 면모를 갖는다. 아리스토텔레스는 덕을 지성적 덕과 성품의 덕으로 구분하고 꾸준한 배움과 실천을 통해 인간 고유의 탁월성을 실현해 나가는 것이 바람직한 삶의 자세라고 주장했다. 이처럼 이성적 원리를 따르며 인간다움을 완성해 나갈 것을 촉구하는 아리스토텔레스의 목적론적 세계관은 사고형(T)과 계획형(J)의 특성을 보여 준다.

종합하면 아리스토텔레스는 ESTJ의 특성을 갖는다고 해석할 수 있다. 동의하는가?

철학에 생명을 불어넣자

플라톤과 아리스토텔레스 외에도 홉스와 로크, 데카르트와 스피노자, 벤담과 밀, 헤겔과 쇼펜하우어, 니체와 하이데거, 카뮈와 사르트르 등 비교·대조를 통해 분석해 볼 만한 철학자들의 조합은 다양하다. 앞선 철학자를 비판적으로 계승하거나 혹은 신랄하게 반박하며 독자적인 이론 체계를 구축한 철학자의 조합과 같이 학문적으로 애증 관계에 놓인 이들의 사상을 비교 대조해보면 각자의 MBTI가 더욱 선명하게 도출된다.

이 작업에서 중요한 것은 도출해 낸 MBTI가 맞냐 틀리냐가 아니다. 해석의 여지가 있는 만큼 명확한 정답이 있는 문제가 아니기 때문이다. 관건은 해석의 과정에서 철학 이론을 내 것으로 흡수하는 것이다. 평면으로 박제된 이론에 생명을 불어넣는 작업은 철학을 살아 있는 지식으로 만들어 자유자재로 활용할 수 있도록 돕는다.

CHAPTER 3

모든 상식의
출발점
: 역사

1

어떤 역사를
알고자 하는가

역사책을 읽기로 마음먹은 여러분을 환영한다. 역사란 인류가 걸어온 삶의 궤적이자 모든 상식의 출발점이다. 철학, 정치학, 경제학, 사회학 등 어떤 장르의 책을 읽으려 해도 역사의 흐름에 대한 기본적인 이해가 선결되어야만 원활한 독서가 가능한 것은 바로 이 때문이다. 한마디로 역사 지식은 다다익선(多多益善)이다. 제대로 된 지식을 많이 알면 알수록 이득이다. 하지만 욕심이 앞서 아무 역사책이나 닥치는 대로 읽는 것은 좋지 않다. 효율을 극대화하기 위한 전략이 필요하다.

그 전략이란 바로 "어떤 역사를 알고자 하는가?"에 대한 답을 분명히 하고 시작하는 것이다. 여기서 '어떤'이라는 관형사에는 다음의 두 가지 의미가 있다.

첫째, '누구'에 대한 역사인가? ☞ '주체'
둘째, '무엇'에 대한 역사인가? ☞ '주제'

내가 알고 싶은 역사의 '주체'와 '주제'를 구체화해야 "무엇을 어떻게 읽을 것인가?"에 대한 답도 명쾌하게 찾을 수 있다.

역사의 주체: 누구에 대한 역사인가

역사의 주체는 개인, 가문, 기업, 정당, 종교 집단, 민족, 인종, 도시, 국가, 초국가기구, 문명, 인류 전체에 이르기까지 다양하다. 역사는 기본적으로 통시적(通時的)인 시간의 흐름을 전제하는데, 공시적(共時的)으로 상호작용하는 주체가 많으면 많을수록 역사 서술의 범위는 넓어지되 깊이는 얕아진다. 단편적인 지식을 얻는 데서 그치는 것이 아니라 좀 더 심층적인 역사 이해를 원하는 독자라면 특정한 단일 주체에 포커싱하여 그 주체의 시점에서 시간의 흐름과 변화를 따라가는 것이 좋다. 역사는 나름의 서사를 지니고 있기 때문에 역사 주체에 대한 독자의 감정이입을 요하는 순간이 존재한다. 역사적 주체의 관점에서 공감하고 상상하고 비판적으로 고찰하는 순간에 비로소 역사가 암기의 대상이 아닌 해석의 대상이 된다.

역사의 주제: 무엇에 대한 역사인가

다음 단계는 주체와 관련된 특정 주제에 포커싱함으로써 연구 범위를 한 차원 더 좁히는 작업이다. 내가 관심을 가지고 있는 주체가 영향을 미친 제도, 문화, 사상, 종교, 기술 등에 주목하여 의미 있는 주제로 구체화시켜 보자. 주제에 따라 정치사, 외교사, 전쟁사, 혁명사, 예술사, 철학사, 경제사, 사상사, 종교사, 사회사, 과학사 등 세부 장르도 다양해진다. 이처럼 구체적인 역사로 들어갈수록 세부 전공 지식을 지닌 저자에 의해 쓰여질 가능성이 높으므로 정보의 전문성과 정확성도 높아진다.

주체와 주제에 기반한 책의 선택

예를 들어 역사의 주체를 '유대인(Jews)'으로 설정해 보자. 유대인은 히브리 민족(Heberites)에서 기원한 민족적, 종교적, 문화적 집단으로 세계 인구의 0.2% 가량인 약 1600만 명이 이스라엘, 미국을 비롯한 세계 각지에서 살고 있는 것으로 추산된다. 수천 년의 오랜 세월 동안 갖은 박해와 수모를 겪으며 각지를 유랑해 온 그들이 오늘날 전 세계에서 가장 강력한 영향력을 지닌 집단으로 성장했다는 것은 많은 이들의 관심을 집중시키는 이슈다. 특유의 집단의식으로 똘똘 뭉쳐 막강한 자본력과 정치력을 행사하는 유대인들, 그들은 과연 무엇이 다를까? 유대인의 우수성은 선천적인 유전자 덕분인가, 후천적인 교육과 문화 덕분인가? 유대인의 운명을 결정지은 중요한 역사적 순간들은 과연 무엇인가? 오랜 반유대주의에 맞서 그들이 꾸준히 잘나가는 비결은 무엇인가? 그들이 행사하는 막대한 파워의 배후에 모종의 진실이 숨겨져 있지는 않을까? 이러한 질문들은 모두 유대인의 삶의 궤적을 관찰하고 그들에 대한 일각의 의혹을 검증함으로써 답을 얻을 수 있는 주제들이다. 이처럼 관심 주제인 '유대인의 정치적 · 경제적 영향력'에 포커스를 맞추고 브레인스토밍 하듯 사고를 확장하며 세부 장르와 관심 도서를 다음의 예시와 같이 리스트업해 보자.

〈역사 일반〉

- 『유대인의 역사(A History of the Jews)』, 폴 존슨(Paul Johnson)

〈정치사〉

- 『이스라엘 로비(The Israel Lobby and U.S. Foreign Policy)』, 존 미어샤이머(John J. Mearsheimer) & 스티븐 월트(Stephen M.Walt)
- 『유대인, 불쾌한 진실(How I Stopped Being a Jew)』, 슬로모 샌드(Shlomo Sand)

〈경제사〉

- 『국제유대인(The International Jew: The World's Foremost Problem)』, 헨리 포드(Henry Ford)
- 『로스차일드: 전설의 금융 가문(The House Of Rothschild)』, 니얼 퍼거슨(Niall Ferguson)

〈사회사〉

- 『만들어진 유대인(The Invention of the Jewish People)』, 슬로모 샌드(Shlomo Sand)
- 『죽기 전에 한 번은 유대인을 만나라(The Book of Jewish Values)』, 조셉 텔루슈킨(Joseph Telushkin)

이처럼 하나의 주제를 여러 관점에서 접근하는 책들을 함께 읽을 경우, 마치 3D퍼즐을 조립하듯 입체적이며 심도 있는 역사 학습이 가능해진다. 정치, 경제, 사회 등 각 세부 영역에서 제시하는 구체적인 사료와 통계들은 총체적인 인간사를 조망케 하며 독자의 머릿속에 실제 시대상에 가까운 이미지를 구축하는 데 도움을 준다. 또한 상이한 전공 지식을 가진 저자들의 다양한 문제의식과 연구 방법론은 독자 나름대로의 역사 해석 방식을 정립하고 통찰력을 기르는 데 있어 그 자체로 귀한 트레이닝 자료가 된다.

::

에드바르 뭉크의 〈역사〉

〈History〉 by Edvard Munch

2

좋은 역사책의
조건

시중에 출간되어 있는 역사책은 많다. 하지만 읽을 가치가 충분한 '좋은 역사책'은 그중 일부에 불과하다. 역사책은 특히나 상당한 시간과 노력의 투입을 요하는 만큼 잘 쓰인 책을 골라 효율을 극대화하는 전략이 필수적이다. 그렇다면 좋은 역사책을 고르기 위한 기준은 무엇일까?

참신하고 구체적인 사료(史料)

첫째, 참신하고도 정확하며 구체적인 사료에 기반하여 독창적으로 역사를 해석하는지의 여부다. 어디에서도 보고 들은 적 없는 과거의 일화, 사례, 기록, 판결문, 통계, 데이터, 공문서 등의 사료를 풍부하게 담고 있는 역사책일수록 그 가치는 올라간다. 대개 어떤 역사적 사건이 발생한 바로 그 시대와 공간에 인접하여 쓰인 책일수록 진귀한 사료들을 수록하고 있을 가능성이 높다. 어떠한 역사적 사건의 여진이 채 가시지 않은 시점에 저자가 발로 뛰며 수집한 자료와 생생한 문제의식을 바탕으로 집필한 고전이 역사 장르에서 특히 그 가치를 인정받는 데에는 이유가 있다. 역사 고전을 뛰어넘는 현대의 역사서가 드문 것은 사료가 여러 차례 가공될수록 정확성이 떨어지기 때문이요, 여러 사람의 해석을 거칠수록 왜곡이 더해지기 때문이다.

프랑스의 역사학자 알렉시스 드 토크빌(Alexis de Tocqueville, 1805~1859)의 『앙시앵 레짐과 프랑스 혁명(L'Ancien Régime et la Révolution)』(1856)은 바로 참신하고 구체적인 사료의 모범을 보여 주는 고전의 좋은 사례다. 1789년 프랑스 혁명을 이끈 이념과 정신은 바로 그것이 파괴하고자 했던 구체제를 닮아 있었다는 파격적인 주장을 펼치면서 토크빌은 그 근거로 자신이 오랜 기간에 걸쳐 직접 수집한 희귀 자료를 풍부하게 제시한다. 1839년에서 1851년까지 제헌의회 의원으로서 현실 정치에 몸담았던 그는 각종 의회 회의록, 정부와 지방 기록보관서의 기밀 공문서,

진정서, 각종 서한 등 프랑스 전역에서 수집한 다양한 자료를 기반으로 연구에 매진했나. 성계 은퇴 후 5년 만에 출간된 이 저작의 서문에서 그는 사료에 대한 자신감을 다음과 같이 아낌없이 드러내고 있다.

"파리와 지방의 기록보관소에서, 예상했던 대로 앙시앵 레짐의 살아 움직이는 모습을, 곧 그 관념과 열정, 편견과 관행을 발견했다. 문서마다 당시 사람들의 솔직한 언행과 내면적 생각 등이 담겨 있었다. 그래서 나는 앙시앵 레짐에 대해 우리 시대 사람들이 알지 못하는 정보를 많이 얻게 되었다. 사람들에게 아직 공개되지 않은 것을 직접 눈으로 볼 수 있었기 때문이다. (중략) 지금 출간하는 이 책은, 비록 큰 자랑거리는 아니지만, 오랜 각고의 산물이라고 말할 수 있다. 때로는 짤막한 한 장(章)을 쓰는 데 1년 이상의 연구가 필요했다. (중략) 독자들이 더 풍부한 사례와 증거를 원한다면, 나는 얼마든지 제시할 용의가 있다."

::

인간과 시민의 권리선언(1789)

Déclaration des Droits de l'Homme et du Citoyen de 1789

시공간을 넘나드는 입체적 비교 분석

둘째, 시대와 공간을 자유자재로 넘나드는 비교 분석을 통해 의미 있는 시사점을 도출해 내는지의 여부다. 흔히 말하듯 역사는 반복된다. 인간사에 시공을 초월한 인류 보편성이 깃들어 있다는 믿음에 근거해 우리는 끊임없이 역사를 통해 배우고, 지금의 모습을 반성하고, 더 나은 미래를 향해 나아가는 것이다. 좋은 역사가는 어떠한 사건을 서술함에 있어 단지 사실들을 순차적으로만 나열하는 것이 아니라 총체적이고도 입체적인 역사 해석을 통해 현재와 미래에 적용 가능한 함의를 도출해 내고자 노력한다. 우리는 더 나은 선택을 위한 교훈을 얻고 미래를 내다보는 혜안을 기르기 위해 역사책을 필요로 하는 바, 역사가는 독자의 기대에 충실히 부응할 의무가 있다.

일명 '외교사 교과서'로 불리는 헨리 키신저의 『외교(Diplomacy)』는 시공간을 넘나드는 다차원 분석의 좋은 예시를 보여 준다. 키신저는 전직 외교관으로서의 통찰력과 탁월한 문장력으로 여러 역사적 사례들을 대비시킴으로써 임팩트 있게 시사점을 이끌어 낸다. 이를테면 제1차 세계대전과 제2차 세계대전 공히 유럽 국가들이 이해관계 충돌과 갈등이 전쟁으로 비화되는 것을 막지 못한 결과로서는 같으나 실패의 구체적인 원인은 정반대임을 강조하기 위해 키신저는 다음과 같이 위트 있는 대구법(對句法)을 구사한다. 구구절절 부연 설명하는 것보다 독자에게 전하고자 하는 교훈이 더욱 분명하고 명쾌하게 드러남을 알 수 있다.

"1914년에 유럽 국가들은 군사 계획과 정치 계획이 서로 전혀 연계되지 않았기에 전쟁으로 치달았다. 총참모부가 계획을 개발했으나 정치 지도자들은 이 계획을 이해하지도 못했고, 이러한 계획에 상응하는 정치적 목표도 없었다. 1939년에 군사 계획과 정치 계획의 연계가 또 끊어졌는데, 이번에는 정반대의 이유에서였다. 서방 강대국들은 히틀러를 저지한다는 합리적이고 도덕적인 정치적 목표는 세웠으나 군사 전략은 개발하지 못했다. 1914년에는 군사 전략가들이 너무 무모했다. 1939년에는 군사 전략가들이 지나치게 겸손했다. 1914년에는 모든 나라의 군부가 전쟁을 갈망했다. 1939년에는 군부가 몸을 사리며 정치인들에게 판단을 떠넘겼다. 1914년에는 전략만 있었고 정책이 없었다. 1939년에는 정책만 있었고 전략이 없었다."

::

제2차 세계대전 발발의 결정적 도화선이 된 뮌헨협정(1938) 관련 기사

Front Page Article from *Het Nieuws van den Dag* about the Munich Agreement, 1st October 1938

3

역사를 선명하게 기억하는
가장 쉬운 방법

역사를 선명히 기억하는 가장 좋은 방법은 바로 특정한 역사
적 인물에 집중하며 읽는 것이다. 누구에게든 마음에 품고 있는
역사 속 인물 한 명쯤은 있다. 어린 시절 위인전에서 읽었던 발
명가든, 영화에서 멋지게 재현된 전쟁 영웅이든, 소설 속 주인공
으로 다시 태어난 혁명가든 말이다. 생각해 보라. 당신이 그 인
물에게 빠져들게 된 건 그의 위대한 삶이 그려 낸 감동적인 서사
가 아니던가. 매력적인 인물의 생애를 통해 접근하는 역사는 아
무리 보고 또 봐도 질리지 않으며 오히려 반복할수록 새롭다. 이
것이 바로 유기적인 서사의 힘이다. 영국의 철학자 매킨타이어
(Alasdair MacIntyre, 1929~)가 인간을 '서사적 존재(narrative self)'
로 정의했듯이 인간은 늘 이야기를 만들어 내며 그 서사 속에서

비로소 살아 숨 쉬는 존재다. 인간은 서사적 존재이기에 본능적으로 이야기에 빠져든다. 역사를 단편적인 사건들의 집합이 아니라 인간의 이야기로 이해하는 전략이 훨씬 효과적인 까닭이 여기에 있다.

역사가가 쓴 평전(評傳)의 가치

추천하는 것은 역사가가 저술한 평전이다. 평전은 제3자가 역사적 인물의 생애에 대해 평론을 곁들여 적은 전기로서 저자가 자기의 삶을 일방적으로 풀어내는 자서전이나 회고록에 비해 역사적 객관성이 확보되어 역사 이해에 도움을 준다. 특히 평전이 역사가에 의해 저술되는 경우 사료를 철저히 고증하는 직업의식의 발휘 덕분에 보다 정확한 정보와 지식을 전달해 준다는 장점이 있다. 듣도 보도 못한 희귀한 자료를 오랜 시간에 걸쳐 치밀하게 수집하는 집요함을 가진 저자일수록 평전의 퀄리티는 높아진다. 가족, 친족, 스승, 제자, 동료, 친구를 포함한 지인들과의 심층 인터뷰, 일기, 메모, 비공개 서한, 유언장, 의학 소견서 등과 같이 역사적 인물에 관한 은밀한 서사가 깃든 사료들은 독자의 흥미와 몰입도를 극대화한다. 이처럼 평전은 역사적 사실을 건조

하게 기록하는 역사 개론서나 편향·왜곡되기 쉬운 자서전이 갖지 못하는 독특한 효능을 독자로 하여금 경험하게 한다.

존경할 만한 위인보다 때론 용서받지 못할 악인에 대한 비화(祕話)가 더욱 흥미롭게 다가온다. 이를테면 역사를 피로 물들게 한 전쟁 범죄자들의 잔혹함과 악랄함은 일반적인 역사 개론서가 차마 담아내지 못한다. 한편 악의 극적인 묘사를 전문으로 하는 소설이나 영화 같은 픽션은 역사가 될 수 없다. 평전은 역사 개론서와 픽션이 각기 결여한 것을 보완할 수 있다는 점에서 힘을 갖는다. 믿을 만한 사료에 대한 평론을 제시함으로써 독자로 하여금 느끼고 생각하게 하는 것이 바로 평전의 역할이기 때문이다. 평전은 역사에 대한 지적·정서적 욕구를 모두 충족시킬 수 있는 좋은 도구나.

심층 분석과 순간 포착의 묘미

퓰리처상 수상에 빛나는 역사학자 존 톨랜드(John Toland, 1912~2004)는 적게는 수년에서 많게는 수십 년에 걸쳐 수집한 방대한 사료와 함께 선입견을 배제한 평론으로 객관적인 역사서를 집필한 것으로 유명하다. 그가 저술한 평전 『아돌프 히틀러 (Adolf Hitler: The Definitive Biography)』(1976)는 나치 독일 지도자 히틀러(Adolf Hitler, 1889~1945)의 전기이기도 하지만 제2차 세계대전을 다룬 심층 역사서라고도 할 수 있을 정도로 상세한 사건들이 구체적으로 서술되어 있다. 무엇보다 히틀러의 행적과 심리 분석이 손에 잡힐 듯 생생하게 묘사되어 있는 것이 이 책의 특징이다. 히틀러의 비서, 부하 장군, 친구 등 측근에서부터 청년 시절 하숙집 주인에 이르기까지 무려 200여 명과 진행한 심층 인터뷰가 행간에 녹아난 결과다. 저자는 히틀러의 비열함을 자신의 목소리로 질타하지 않는다. 오로지 자기가 모은 사료를 담담히 제시할 뿐이다. 일례로 1945년 연합군의 협공에 밀려 전의

::
미칼로유스 콘스탄티나스 치우를리오니스의 〈진실〉

〈Truth〉 by Mikalojus Konstantinas Ciurlionis

를 상실한 히틀러가 자살을 앞두고 유언을 남기는 대목에서 그의 졸렬함과 악독함이 선명하게 드러난다.

"히틀러는 평상시처럼 지도 탁자 앞에 서서 반짝이는 테이블 표면을 응시했다. 그는 '마지막 정치적인 유언'이라고 말했다. 트라우들(Traudl Junge, 1920~2002 : 히틀러의 마지막 개인 비서)은 히틀러의 말을 받아 적으며 손이 떨렸다. 역사의 한 장면이 진행되고 있는 것이었다. 트라우들은 히틀러가 고백을 하거나 혹은 스스로를 정당화할 것이라 생각했다. 누가 죽음 앞에서 거짓말을 하겠는가? 그러나 그녀가 받아 적은 단어들은 오로지 비난과 질책뿐이었다. (중략) 그는 자신이나 독일의 누구도 전쟁을 원하지 않았다고 주장하고 '오로지 유대인 출신 혹은 유대인의 이익을 대변하는 국제적인 정치인들이 전쟁을 도발했다'며 공격했다."

끝까지 자신의 잘못을 인정하지 않는 극도의 나르시시스트이자 사이코패스 히틀러. 죽기 직전까지 비열했던 그의 모습이 비서의 미공개 일기와 쪽지에 선명하게 남아 있었고 존 톨랜드는 이를 놓치지 않았던 것이다. 평전은 이처럼 보통의 역사서가 놓칠 수도 있는 순간을 포착해 독자에게 전하는 귀중한 역할을 수행한다.

4

나만의
연대표를 만들자

역사책이 어렵게 느껴지는 가장 큰 이유는 정보의 밀도가 높기 때문이다. 역사책의 90% 이상은 과거 일어난 사건에 관한 사실들로 채워져 있다. 거시적인 흐름에서 미시적인 디테일에 이르기까지 빽빽한 정보를 집중력 있게 흡수하는 인내와 끈기, 그리고 수많은 팩트를 머릿속에 질서 있게 배열하여 저장할 수 있는 사고력과 암기력을 요하는 까다로운 장르가 바로 역사다.

한 권의 역사책은 말 그대로 정보의 홍수 그 자체다. 읽은 내용을 많이 그리고 정확히 기억할수록 제대로 읽은 것이다. 역사 이해의 기본은 암기임을 인정해야 한다. 학창시절의 주입식 학습에 이골이 난 성인에게 역사책 독서가 심적으로 적지 않은 부담일 수밖에 없는 이유다.

그래도 방법은 있다. 아무리 낯선 정보와 지식이어도 내 손과 내 머리를 거치면 친숙해진다는 점을 활용하자. 역사책을 단지 눈으로 훑는다면 책 속의 내용은 글자 형태 그대로 그저 뇌를 잠시 스쳐 지날 뿐이다. 내 손과 내 머리를 움직여 읽은 내용을 재구성하고 일정한 형식에 맞추어 정리하는 작업을 통해서만 역사적 사실을 선명하게 오래 남는 나의 지식으로 만들 수 있다.

연대표와 연대기 작성법

직접 연대표와 연대기를 작성해 보자. 연대표는 주요 사건의 진행 과정을 개괄적으로 정리하여 만들고, 연대기는 개별 사건과 관련된 각 주체들의 행위와 상호작용을 시간의 흐름에 따라 좀 더 구체적으로 정리하여 만든다. 비유하자면 연대표는 숲, 연대기의 내용은 나무라고 할 수 있다. 분량은 가벼울수록 좋다. 필수적으로 기억해야 할 내용을 빠짐없이 기재하되 최대한 간결하고 가독성 있게 만드는 것, 즉 핵심을 추려 내는 기술이 이 작업의 핵심이다.

예를 들어 20세기에 일어난 전쟁 가운데 가장 긴 재래식 전쟁으로 알려져 있는 이란-이라크 전쟁(Iran-Iraq War, 1980~1988)을 주제로 다음과 같이 연대표와 연대기를 작성해 볼 수 있다. 연대표의 경우 전세의 우열을 염두에 두며 교전국의 행위와 상호작용의 핵심을 추려 내는 것이 포인트다. 연대기의 경우 전세의 흐름을 기준으로 시기를 구분하고 행위의 배후에 존재하는 동기와 외부의 압력, 회유 등 정치적 요소를 중심으로 인과 관계를 명시한다.

◈ 연대표: 이란-이라크 전쟁(1980~1988)

1979	1980	1981	1982	1983
▶ 2월 이란, 이슬람 혁명 성공 → 친미 팔레비 왕조 붕괴, 호메이니 집권 및 시아파 이슬람 근본주의 정권 수립	▶ 9월 이라크, 양국 간 국경협정 파기→호르무즈 해협 3개 도서 및 샤트 알 아랍 수로에 대한 주권을 선언하고 이란에 대한 전면 침공 개시	▶ 9~11월 이란, 이라크군에 반격 시도하여 국경 근처의 주요 도시 아바단 탈환	▶ 3~4월 이란, 군사작전 통해 전략 요충지 확보 ▶ 6월 이라크, 휴전 제의하나 이란이 거부	▶ 12월 미국 럼스펠드 국방장관, 이라크 후세인 대통령과 밀담--> 對 이란전에 필요한 정보 및 군수 물자 적극 지원 약속

1984	1985	1986	1987	1988
▶ 4월 이라크, 이란 정유 공장으로 향하는 페르시아 만의 유조선 폭격 강화	▶ 3월 이란과 이라크, 서로의 도시에 미사일 공격 ▶ 5월 이라크 공군기, 테헤란 공습	▶ 6월 이라크, 이란의 석유시설 단지인 하르그섬 집중 포격 개시	▶ 7월 UN 안보리 결의안(598호: 정전, 전쟁책임 조사, 무기수출 금지 및 경제 제재 결의) 통과	▶ 7월 이란, 안보리 결의안 수락 ▶ 8월 정전 발효

◈ 연대기: 이란-이라크 전쟁(1980~1988)

- 교전국: 이란 VS. 이라크
- 교전 장소: 이란, 이라크, 페르시아만

- 발발 원인

1) 지정학적 원인: 영유권 분쟁(표면적 원인)

   – 이란과 이라크의 국경 지대에 놓인 샤트 알 아랍(shatt al-Arab) 수로
   를 둘러싼 영유권 문제 ┈→ 이라크, 양국 간 국경 협정인 알제협정(Algiers
   Accord, 1975)을 불평등 조약으로 선언하며 이를 무효화시키는 선제적 군
   사행동 도발

2) 민족·종교적 원인: 이데올로기 대립(근본적 원인)

   – 대결구도: 이란의 호메이니(시아파, 급진적 범이슬람주의) vs. 이라크의 후세
   인(수니파, 세속적 아랍민족주의)
   – 고대 大페르시아 제국의 부활을 꿈꾼 호메이니: 이라크 내 다수를 형성한
   시아파 이슬람교도들에게 자신의 혁명이데올로기를 전파하여 반체제 활동
   을 부추김으로써 후세인 정권을 위협하고 페르시아만 일대에 영향력을 넓
   히고자 함
   – 쿠르드족, 수니파, 시아파 갈등을 봉합해 근대국가로서의 이라크 재편에
   매진하던 후세인: 자신의 숙원사업을 위협하는 호메이니의 준동을 강력 비
   판하며 이란에 선제적 침공 개시

• 경과

1) 이라크의 기습 침공(1980년 9월)

- 이라크, 1980년 9월 17일 알제협정 파기 통고, 9월 22일 이란 공격 시작
- 이라크의 표면적 목표는 1950년대부터 영유권 분쟁을 계속해 온 샤트 알 아랍 강의 회복이었으나, 근본적 목표는 혁명 이데올로기를 전파하려는 호메이니의 야심을 꺾고 시아파의 확산을 저지하는 것
- 당시 이란은 혁명 이후 혼란상으로 군의 전투 능력이 약화되어 있었기에 이라크군의 대규모 공세에 고전을 면치 못함
- 이라크는 순식간에 이란의 주요 공업도시들을 함락시키는 등 파죽지세로 선전

2) 이란의 반격(1980년 말~1983년 초)

- 이란이 1980년 11월 무렵부터 국민의 애국심과 단결을 고취시키고 전열을 정비하여 반격에 나서면서 전세가 역전됨
- 1982년 이란이 강력한 반격을 퍼부어 이라크군을 국경까지 몰아내고, 이에 이라크가 휴전 및 평화 협정을 제안하지만 이란이 거부

3) 이라크의 공세(1983년~1988년)

- 1983년 12월 미국 럼스펠드 국방장관이 후세인을 직접 만나 지원을 약속한 이후 미국은 이라크에 1987년까지 약 10억 달러에 달하는 음식과 물자를 공급하고 군사 정보를 지원
- 무기 지원을 받은 이라크가 강력한 공세를 취하자 호메이니는 평화 조약의 필요성을 깨닫고 1988년 7월 UN 안보리 결의안 598호에 동의, 8월에 휴전 협정 발효

발발 원인

– 지성학적 원인
(표면적 원인)
– 민족·종교적 원인
(근본적 원인)

경과

– 이라크의 기습 침공
– 이란의 반격
– 이라크의 공세

결과

– UN의 중재
– 승자도 패자도 없는
종전

● 결과

- 종전 이후 양측은 스스로가 승자임을 주장하였으나 사실상 승자도 패자도
없이 UN의 중재에 의해 전쟁 종결
- 양국에서 도합 1백만 명 이상의 전사자 발생(민간인 사상자 수는 불명)
- 양국 모두 직접적 전쟁비용으로 2천억 달러 이상 허비(간접 비용은 1조 달러
육박)

::

이란-이라크 전쟁
Iran-Iraq War

눈으로만 열 번 읽는 것보다 단 한 번 읽더라도 직접 연대표와 연대기를 정리하며 읽는 것이 효과 면에서 훨씬 우월하다. 어떠한 사실을 연대표에 적어 넣을 것인가를 결정하는 취사 선택의 과정, 즉 역사적 사실들 간의 의미의 경중(輕重)을 따져 보는 과정에서 두뇌 회전이 활성화되기 때문이다. 그저 눈으로 읽는 것만으로는 부족하다. 특히 역사 장르가 그렇다. 내 머리를 굴려 생각하고 직접 손을 움직여 정리하면서 읽은 내용이 결국 진짜 '내 것'이 된다는 사실을 잊지 말자.

—

5

역사와 지리는
하나다

    역사는 지구상에서 일어난 인류 활동의 궤적이자 '누가, 언제, 어디서, 무엇을, 어떻게, 왜'의 서사 구조를 지닌 기록이다. 역사적 사실의 핵심은 '어디서'다. 역사에서 '어디서'는 '누가, 언제, 무엇을, 어떻게, 왜'를 사실상 결정짓기 때문이다. '어디', 즉 지리는 기후, 인구 구성 및 규모, 생산력, 군사력 등의 지역 간 차이를 낳음으로써 국가, 민족, 기업 등의 행위자들을 헤쳐 모이게 하고 서로 협력하거나 싸우게도 만든다. 이것이 바로 역사를 움직이는 지리의 힘이다. 지도를 통해 어떠한 역사적 사건이 발생한 위치를 확인하는 것은 역사의 실질에 접근하기 위한 기본 중의 기본이 된다. 지도를 확인하지 않고 글자만으로도 새로운 지식을 습득할 수 있지만 이는 곧 무너져 버릴 사상누각에 불과하다. 글

로만 익힌 추상적인 역사 지식은 금세 휘발된다는 점을 잊어서
는 안 된다.

지정학(地政學, Geopolitics)의 시대

최근 지정학에 대한 관심이 높아지면서 역사와 지리의 중요성
이 더 크게 대두되고 있다. 지정학이란 지리적인 환경이 정치·
군사·경제적 이익에 미치는 영향을 연구하는 분과를 의미한
다. 이는 특정 지역의 지리적 환경 및 이해 당사자 간 상호작용
의 역사에 대한 인식에 기반하는 영역이다. 국제 무대의 행위자
들이 다변화되고 이해관계 대립 또한 더욱 복잡하고 첨예해지고
있는 오늘날 정확한 현실 분석과 미래 예측을 위해서 역사와 지
리를 통합적으로 인식할 필요성이 증대되고 있다. 우리가 역사
책을 읽으면서 지명이 등장할 때마다 반드시 지도를 통해 위치
와 환경적 특성을 확인하는 습관을 가져야 하는 이유다. 추천하
는 도구는 '브리태니커(www.britannica.com)'와 같은 온라인 백과
사전이다. 온라인 백과사전의 경우 모바일을 통해서도 어디서나
쉽고 간편하게 열람이 가능하고 최신 이슈의 업데이트가 빠르며
오류가 발견될 시에도 신속히 시정된다는 장점을 지니고 있다.

흔히 '지정학적 요충지'라고 불리는 곳들이 있다. 유난히 역사에 빈번히 등장하는 장소들이기도 하다. 이를테면 발칸반도, 크림반도, 홍해, 페르시아만, 남중국해 등과 같이 일명 '화약고 (Powder Keg: 전쟁이나 분쟁 발발 가능성이 높은 지역)'라 불리는 곳들이다. 이런 곳들은 그야말로 희소한 자원이 집결되어 있는 '핫한' 지역들이다. 희소 자원이란 석탄, 서유, 희토류 등 경제적 가치가 높은 천연자원일 수도 있고, 군사적 요충지나 세계 진출의 교두보로서 유리한 지리적 입지일 수도 있고, 정통성이나 지배력과 같이 눈에 보이지 않는 힘일 수도 있다. 이처럼 이해관계가 치열하게 충돌하는 곳은 반드시 지도를 통해 그 위치를 확인하고 지리적 특성과 축적된 역사를 파악해야 한다. 앞으로도 수많은 관련 행위자들이 유사한 경쟁과 대립을 양산하며 기존의 역사에 도전할 가능성이 높기 때문이다.

지정학의 핵심 기반, 역사와 지리

우크라이나 동남부에 위치한 크림반도를 예로 들어 보자. 역사 속에서 크림반도는 훈족, 몽골족, 오스만 제국, 러시아 등 수많은 강대국들이 호시탐탐 지배권을 노리며 충돌해 온 대표적인 화

발칸반도의 지배권을 두고 강대국들이 충돌한 보스니아 위기(1908)를 풍자한 그림
〈The Eastern Question's Wake-up〉, Illustration from *Le Petit Journal Illustré*
on the Bosnian Crisis, 18th October 1908

약고 중 하나다. 크림반도야말로 온화한 기후를 지닌 풍부한 천연자원의 보고이자, 지중해와 동유럽의 주도권을 장악하는 관문이며, 해양 진출의 교두보로서의 가치를 모두 지닌 지정학적 요충지다. 지도를 통해서 크림반도를 비롯한 지정학적 요충지들의 지형, 위도, 경도 등의 특징을 확인해 보자. 지정학적으로 각광받는 지역은 유사한 조건을 갖추고 있다. 모두가 원하는 이상적 조건들을 동시에 충족하고 있기에 수많은 쟁탈전이 끊임없이 발생하는 것이다.

크림반도는 현재 러시아의 점령하에 놓여 있다. 제정 러시아 시절 크림전쟁(Crimean War, 1853~1856)의 패배로 크림반도에서 손을 떼야 했던 러시아는 2014년 우크라이나로부터 크림반도를 강제적으로 합병하며 설욕을 시도했다. 급기야 2022년에는 우크라이나를 침공하며 전면전을 개시함으로써 더 크게 팽창하려는 제국적 야욕을 거침없이 드러냈다. 러시아의 무자비한 광폭 행보에 세계는 경악했지만 사실 역사와 지리에 이미 무겁게 드리워져 있던 가능성이 현실화된 것뿐이다.

역사와 지리가 중요한 이유는 인류의 미래를 예측하게 해주기 때문이다. 역사와 지리는 기정사실이자 이미 주어진 변수다. 희

::

크림반도와 주변 지역

Crimean Peninsula and Surrounding Areas

소한 가치는 한정되어 있으며 인간의 욕심은 끝이 없기에 과거에 한 번 일어났던 분쟁은 유사한 패턴으로 계속 이어질 수밖에 없다. 화약고는 작은 촉발 변수에 의해서도 뜨겁게 달아올라 폭발 직전까지 갈 수 있다. 우리가 이미 알고 있고 충분히 예측할 수 있는 돌발 상황에 어떻게 대응할 것인가의 인사이트를 제공하는 것이 바로 역사와 지리다. 이처럼 역사와 지리는 통합적으로 접근하면 현실에서 더욱 유용하게 활용할 수 있다.

6

역사가의 해석을
비판적으로 검토하자

역사책을 읽는 것은 단지 역사적 사실과 관련한 지식을 얻기 위해서만이 아니다. 가장 중요한 것은 나의 역사관을 바로 세우는 것이다. 독자는 역사책에서 저자가 내세우는 고유한 해석을 발견하고 그 타당성을 비판적으로 따져 보는 과정을 통해 나만의 역사관을 수립할 수 있어야 한다. 역사책에는 소화해야 할 정보가 워낙 많지만 특히 염두에 두고 읽어야 할 부분은 역사가의 주관적인 해석이 등장하는 대목이다. 책 전체의 약 80% 이상을 차지하는 객관적인 정보가 역사적 사실이라면, 나머지 20% 가량을 차지하는 주관적인 해석은 역사적 사건의 원인에 대한 역사가의 의견이다. 역사가의 의견을 면밀히 검토하며 비판해야 한다.

역사적 사건의 원인에 대한 해석

역사책에서 가장 핵심적인 주장은 "어떠한 역사적 사건이 도 대체 '왜' 일어났는가?"라는 물음에 대해 저자가 내놓는 답에서 찾을 수 있다. 이와 관련해 이탈리아의 역사가 베네데토 크로체 (Benedetto Croce, 1866~1952)가 "모든 역사는 현재의 역사다"라 고 지적한 것은 시사하는 바가 크다. 역사가는 과거의 사건에 주 관을 투영하여 연구하므로 그 개인이 타고난 성향이나 사관(史 觀), 혹은 발을 딛고 있는 시공간의 상황이 역사 해석에 영향을 미치게 된다는 것이다. 역사는 수학과 달리 어떠한 공식이나 정 답이 없다. 역사는 고정불변의 것이 아니며 수많은 견해들이 각 자의 근거를 가지고 서로를 비판하며 경합하는 현상 그 자체라 고 보아도 과언이 아니다.

이러한 역사의 속성을 적나라하게 보여 주는 대표적 사례 가 바로 제1차 세계대전의 원인에 관한 논쟁이다. 이 논쟁을 촉 발시킨 장본인인 독일의 역사학자 프리츠 피셔(Fritz Fischer, 1908~1999)의 이름을 따서 '피셔 논쟁(Fischer Controversy)'이라 고도 한다. 함부르크 대학의 교수였던 피셔는 1959년 발표한 논 문 「독일의 전쟁 목적(Deutsche Kriegsziele)」을 통해 제2차 세계대전에 대한 책임뿐 아니라 제1차 세계대전에 대한 책임도 전적으로 독일에 있다고 주장했다. 그는 뒤이어 출간한 여러 단행본에서 제1차 세계대전이 1914년 이전부터 치밀하게 계획된 독일의 침략적 정책 때문에 일어난 것이라 주장하며 독일 사회에 큰 충격을 안겼다. 이는 당시 합의된 정설이었던 '집단 책임론'을 송두리째 뒤흔드는 것이었기 때문이다. 사실 그 무렵 독일의 책임론이 완화되었던 것은 전후 냉전 체제가 공고화되는 상황에서 독일에게 지나친 책임 부담을 지우면 그 반작용으로 독일이 공산 진영으로 기울 수 있다는 서방측의 우려에 따른 것이었다.

그런 상황에서 갑자기 툭 튀어나온 피셔의 도발적인 주장은 당시에는 세계 전역의 학계와 정계에 일대 혼란과 반향을 일으켰으나 그 이후 장기적인 견지에서는 역사와 역사학의 발전에 기여한 것으로 여겨진다. 정치적 고려 때문에 너도 나도 진실을 덮어놓고 쉬쉬하던 상황에서 사료의 체계적인 검증에 기반한 역사 해석과 비판을 촉진하고 장려하는 터닝 포인트를 조성했기 때문이다. 역사가들 사이에 자유로운 의견 개진과 건전한 비판 및 고증이 활발하게 이루어질 때 역사의 의미에 대한 인류의 이해도 더욱 깊고 풍부해진다는 사실이 피셔 논쟁을 계기로 입증되었다. 더불어 전후 과거사 문제에 대해 침묵하며 경제 재건에

::
1914년 제1차 세계대전 직전 독일의 관점으로 풍자한 유럽지도
Humoristische Karte von Europa im Jahre 1914

만 몰두하던 독일 당국이 피셔 논쟁 이후 전쟁 책임 문제에 대한 전 사회적인 토론에 돌입하고 나치 범죄에 대한 진지한 반성과 사과의 태도로 전향하게 된 것 또한 결코 우연이 아니다.

나의 해석은 무엇인가

여러분의 생각은 어떠한가? 제1차 세계대전의 원인이 과연 무엇이라고 생각하는가? 1914년 6월 사라예보에서 오스트리아-헝가리 황태자를 암살하여 순식간에 전 유럽을 사실상 전시 상태로 몰아넣은 세르비아계 청년의 책임인가? 아니면 피셔의 주장대로 1911년 무렵부터 치밀하게 전쟁을 계획한 독일 황제 빌헬름 2세와 관료들의 책임인가? 혹은 좀 더 앞서 1870년대 독일 통일과 제국 수립으로 인해 유럽의 세력균형이 붕괴되고 혼란이 유발된 것이 원인인가? 혹은 서방 열강들이 강해진 독일에 맞서 정교한 외교 전략으로 대응하기보다 힘의 과시와 무력 대결로 상황을 악화시킨 것이 원인인가? 아니면 전쟁에 연루된 모든 국가들의 오판, 착각, 혹은 자만심이 원인인가? 그도 아니라면 이들이 모종의 이유로 집단 최면에 걸려 몽유병자들처럼 전쟁이란 파국을 향해 홀린 듯 빠져들게 된 것일까? 정답은 없다.

중점을 두는 사료가 무엇이며 어떤 관점으로 사료를 해석하는지에 따라 주장과 근거는 달라지게 된다. 전쟁의 기원에 대해 나름의 견해를 제시하는 역사서들은 수도 없이 많다. 역사가들이 제시하는 다양한 사료와 해석을 꼼꼼하게 검토하고 비판하며 나의 역사적 관점을 수립하는 작업이 독자의 가장 중요한 과제다.

역사는 본질적으로 해석의 학문이다. 역사책을 읽으며 독자는 저자의 고유한 해석과 주장을 발견해 내는 데에 집중해야 한다. 사실로부터 의견을 분리해 내고, 저자의 주장이 타당한지, 근거가 정확하며 설득력이 있는지, 나아가 나의 의견은 어떠한가를 사고하는 과정이 역사 읽기의 핵심이자 본질이다.

CHAPTER 4

부와
성공의 원칙
: 경제 • 경영

1

세부 장르를
정확히 공략하자

　경제 · 경영 서적에는 수많은 세부 장르가 있다. 목표하는 바에 따라서 정확한 세부 장르를 공략하는 것이 경제 · 경영 장르 독서의 관건이다. 경제·경영 장르는 그 어떤 장르보다도 독자들이 지식과 정보의 실용성을 염두에 두고 선택하는 영역이기도 하다. 따라서 경제·경영 서적을 읽기 전에 자신이 독서를 통해 달성하고자 하는 현실적 목표를 구체화하고 이와 직접적으로 관련 있는 세부 장르의 책을 선택하는 것이 바람직하다. 막연히 경제 감각을 키우고 싶다거나 돈을 많이 벌고 싶다는 두루뭉술한 소망만으로 접근하는 것은 곤란하다. 경제학의 주요 원리가 효율성의 극대화인 만큼, 이 분야의 독서 역시 효율적으로 이루어져야 한다.

다 같은 경제·경영 서적이 아니다

예를 들어 경제 이론과 변천 과정에 대한 지식을 쌓고 싶다면 미시·거시경제학 및 경제사 이론서를, 재테크 노하우에 관심이 있다면 부동산·주식·채권·암호화폐·파생상품 등 투자 실용서를, 경기 변동을 예측하고 대응력을 키우고 싶다면 통화·금리·물가·국제수지 등 경제지표나 트렌드 관련 서적을, 사업 아이템을 발굴하고 싶다면 에너지·소재·정보기술·금융 등 산업 섹터별 전문 서적이나 창업·투자·경영 관리 노하우가 담긴 경영학 전문 서적 혹은 자기계발서를 선택해야 할 것이다. 목표가 명확할수록 구체적인 세부 장르를 타깃할 수 있고, 스스로 원하는 것을 의식하며 읽을수록 더 많은 지식과 통찰력을 내 것으로 흡수할 수 있다.

무엇을 얻고자 하는가

좀 더 욕심을 내보자. 책을 통해 이루고자 하는 세부 목표를 구체적으로 리스트업 한 뒤 독서를 시작하면 더 큰 효과를 거둘 수 있다. 이를테면 재테크 관련 서적을 읽고자 할 경우 평소의 투자

루틴 및 문제점, 누적 수익률과 목표 수익률 등을 적어 본 뒤 독서를 시작한다면 더 나은 투자 결과를 얻기 위한 실질적인 개선책을 찾는 데 더욱 집중할 수 있을 것이다. 또 다른 예로 자기계발서나 성공학 서적을 읽고자 할 경우엔 평소 고치고 싶었던 나쁜 습관이나 마인드셋, 실패나 좌절의 경험, 이상적인 자아상 등을 노트한 뒤 독서를 시작한다면 자신에게 딱 필요한 책 속의 조언과 노하우가 뼛속 깊이 와닿을 것이다. 이처럼 분명한 목표와 구체적인 문제의식을 가지고 책을 읽어야만 독서 효율을 극대화할 수 있다.

2

창의력과
유연한 사고는 기본

급변하는 국제정세, 팬데믹, 국제 공급망 재편, 세계 곳곳의 무력 충돌, 비약적인 기술 진보 등 다양한 요인으로 인해 기존의 경제학 이론들은 매 순간 도전에 직면하고 있으며 실제로 다수의 이론들이 설명력을 잃고 있다. 건재했던 기존의 경제학 이론을 부정하는 반례들이 세계 각지에서 속속 발견되면서 이론과 현실의 괴리가 커져 가는 추세다. 급격한 환경 변화에 따라 새로운 이론이 기존의 이론을 대체하는 주기가 더욱 짧아지고 있으며 저명한 학자들의 중단기 예측이 빗나가는 경우도 빈번해지고 있다. 이러한 대혼돈의 시대, 경제 · 경영 장르의 독서를 통해 올바른 지식을 얻기 위해서 독자가 갖추어야 할 덕목은 바로 이론의 타당성 검증 능력과 정보의 취사 선택 역량이다. 독자는 최신의 사례를 활용해 기존 이론을 정당하게 반박할 수 있는 힘을 갖추어야 한다.

현실 분석과 미래 예측의 원동력

경제학이 어려운 이유 중의 하나는 너무나 많은 이론이 존재하기 때문이다. 세상이 변화하는 속도가 가속화되는 만큼 앞으로 기존의 이론을 보완, 비판, 대체하기 위해 더 많은 이론들이 등장할 것이므로 앞으로도 경제학은 더욱 난해하고 복잡해질 것이다. 하지만 시작부터 겁먹거나 위축될 필요는 없다. 많은 이론을 암기하는 것보다 더 중요한 것은 바로 어떠한 이론도 맹신하지 않겠다는 마음가짐이기 때문이다. 경제 환경의 불확실성 속에서 의외의 변수를 발견해 내는 창의력, 그리고 다양한 이론의 경계를 자유로이 넘나들며 통찰력을 얻는 유연한 사고가 정확한 현실 분석과 미래 예측을 가능케 한다는 점을 반드시 염두에 두어야 한다.

노벨상 수상자의 의미심장한 반성문

이와 관련해 미국의 노벨경제학상 수상자인 폴 크루그먼(Paul Krugman, 1953~)이 자신의 그릇된 경제 예측에 대해 공개 사과했던 일은 생각해 볼만한 사례다. 그는 코로나19 사태로 인해 경기 침체가 심화되던 2020년 무렵 다양한 저작과 발표문을 통해 정부의 적극적인 확장 재정 정책을 촉구했다. 그의 주장의 요지는 정부가 민간에 아무리 많은 돈을 풀어도 물가 상승에 크게 영향을 미치지 못할 상황이므로 안심하고 매년 GDP의 2% 수준에 달하는 규모로 공적 투자를 지속하여 경기를 부양해야 한다는 것이었다. 이는 당시 미국 정부의 양적 완화 및 확장적 재정 정책 기조에 힘을 싣는 주장이었다. 하지만 그로부터 1년이 흐른 뒤 결과는 그의 예측을 비웃듯 40여 년 만의 기록적인 물가 상승으로 나타났다. 이에 크루그먼은 2022년 7월 21일 미국의 일간지 뉴욕타임스(NYT)에 '나의 인플레이션 예측은 틀렸습니다(I Was Wrong About Inflation)'라는 제목의 반성문 내지 사과문 조의 칼럼을 게재하여 자신의 예측이 잘못되었던 이유를 다음과 같이 설명했다.

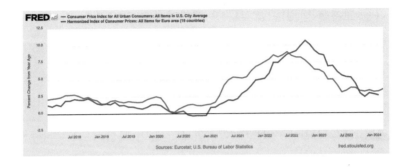

::
미국 소비자물가지수(CPI) 추이(미국 노동통계국, 2018~2024)
US Consumer Price Index Trends 2018~2024 by The Bureau of Labor
Statistics

"(아무도 믿지 않겠지만) 2008년 글로벌 금융위기 당시에는 표준 경제
모델에 따른 예측이 들어맞았기 때문에 2021년에도 당연히 그럴 것
이라 생각했습니다. 하지만 코로나19 이후의 전혀 새로운 세계에서
는 그러한 안일한 예측이 틀릴 수 있음을 고려했어야만 했습니다."

한마디로 '그때는 맞고 이번엔 틀리다'는 것이다. 세계적 석학
마저 이렇게 궁지에 빠뜨릴 만큼 경제 분석과 예측은 쉬운 일이
아니다. 크루그먼은 경기 침체라고 해서 다 똑같은 침체가 아니
며 시대와 상황에 따라 결정적인 변수가 달라지는 만큼 경제 예
측을 위해 기존의 모델에 전적으로 의존하는 것은 지양해야 한

다는 교훈을 남겼다. 코로나19 팬데믹 국면의 결정적 변수로는 감염 우려로 인한 가계의 소비 패턴 변화, 이민자 감소 및 조기 퇴직 증가로 인한 생산 감소, 엎친 데 덮친 격으로 러시아-우크라이나 전쟁 발발에 따른 에너지·식량·금속 등 원자재 가격 폭등 등을 꼽을 수 있으며 이러한 요인들이 복합적으로 작용하면서 당초 예상보다 큰 폭으로 물가를 끌어올렸다고 그는 부연했다. 이론과 모형은 결코 만능이 아니라는 것, 그리고 정확한 예측을 위해서는 미시적 차원의 변화를 치밀하게 포착하고 그 영향을 주시해야 한다는 중요한 시사점을 제공하는 사례가 아닐 수 없다.

단지 이론을 위한 이론은 의미가 없다. 단순히 이론을 암기하는 것은 현실의 삶에 크게 영향을 미치지 못한다. 현실을 살아가는 우리에게 더욱 중요한 것은 과거보다 미래다. 과거의 데이터에 기반해 도출된 이론의 틀을 넘어설 수 있게 하는 동력은 직관과 상상력, 그리고 창의력이다. 유연한 사고를 통해 현재를 정확히 읽고 미래를 예측하는 힘을 기르는 것이 경제·경영 독서의 생산적인 방향성이다.

3

일상의 경험을 통해
개념을 이해하자

경제·경영 장르는 철저히 현실에 맞닿아 있는 영역이다. 추상적이고 어렵게 느껴지는 경제학 서적 속의 개념들의 나의 삶과 크게든 작게든 연결 고리를 가지고 있다는 점을 상기하는 것이 도움이 된다. 인간은 경제적 동물이다. 현대를 살아가는 인간 활동의 대부분이 경제적 활동이라 해도 과언이 아니다. 어떠한 경제적 개념을 새롭게 이해하고 받아들이는 과정에서 일상을 돌아보면 자신의 삶에 이미 그 개념이 영향을 미치고 있었다는 점을 확인할 수 있을 것이다. 전혀 생경하거나 현학적인 개념이 아닌 것이다. 생활 속에서 개념을 발견하고 개념을 체화시키는 사고의 과정은 경제 현상의 의미를 읽는 해석력을 키워 줄 뿐 아니라 읽은 내용을 명확히 그리고 오래 기억하게 한다.

낯선 경제학 개념을 흥미롭게 이해하는 법

경제학의 흥미로운 개념 중 하나인 기펜재(Giffen財, Giffen Good)를 예로 들어 생각해 보자. 기펜재는 영국의 통계학자 로버트 기펜(Robert Giffen, 1837~1910)이 일반적인 수요 법칙에 위배되는 경제 현상을 발견한 것에서 유래한 개념이다. 일반적인 수요 법칙에 따르면 가격이 상승하면 수요가 줄고 가격이 하락하면 수요가 늘어야 한다. 하지만 기펜재는 가격이 상승해도 오히려 그에 대한 수요가 늘어나는 특성을 보이는 독특한 재화다. 기펜재라는 개념을 처음으로 제시한 영국의 경제학자 알프레드 마셜(Alfred Marshall, 1842~1924)은 자신의 저작 『경제학 원론(Principles of Economics)』(1895)에서 기펜재가 일반적인 수요 법칙의 예외를 보여 준다고 지적하며 다음과 같이 설명했다.

"빵 가격이 상승함에도 불구하고 가난한 노동자 가족이 여전히 빵에 대한 지출을 늘릴 수밖에 없는 것은, (빵 가격 상승으로 인한) 실질 소득의 감소로 인해 상대적으로 비싼 고기 소비가 더욱 어려워짐에 따라 그들이 소비할 수 있는 가장 값싼 음식이 여전히 상대적으로 저렴한 빵이기 때문이다."

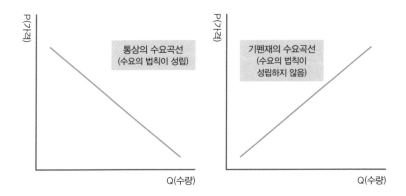

::

일반적인 수요 법칙의 예외인 기펜재의 수요곡선

Demand Curve for Giffen Goods as an Exception to the Law of the Demand

이러한 설명으로부터 기펜재의 특성을 다음과 같이 정리할 수 있다.

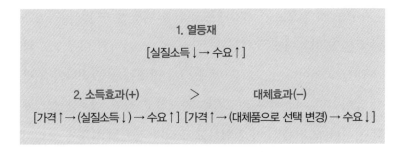

즉 열등재라는 조건*, 그리고 소득효과가 대체효과를 상쇄할

만큼 크다는 조건** 둘 모두를 만족시켜야만 기펜재로 인정할 수 있다는 것이다. 일단 개념을 이해하는 것은 중요하다. 단 개념의 정의만 읽고 넘어가면 하수다. 나의 이야기로 눈을 돌려 생각해 보는 과정이 필요하다. 내 주변에 실제로 어떤 기펜재가 있는지, 그리고 그게 정말 기펜재가 맞는지 머리를 굴려서 구체적인 사례에 대해 고찰해 보아야 고수가 될 수 있다. 자, 여러분은 일상에서 기펜재를 본 적이 있는가? 주변에서 쉽게 볼 수 있는 생필품부터 떠올려 보자. 빵, 우유, 계란, 세제, 쌀, 수건, 치약 등 우리가 일상적으로 소비하는 물건들 중에 과연 기펜재가 존재할까?

라면의 경제학

가장 쉽게 떠오르는 식자재로 라면을 떠올릴 수 있다. 라면은 무척 맛있지만 어쨌든 열등재다. 소득이 늘어나면 아무래도 라면 대신 치킨이나 소고기를 먹게 되지 않겠는가. 그러다가 지갑이 얇아지면 치킨이나 소고기를 자제하고 라면 섭취를 늘리게 될 것이다. 라면은 값이 저렴하고 조리가 간편해 불황에 오히려 소비가 증가하는 특성을 보여 왔다. 1998년 IMF 외환위기 당시 라면시장 매출은 전년 대비 16.5% 성장했고, 글로벌 경제위기가

덮친 2008년에는 전년 대비 13% 성장했다. 가계의 전반적인 실질소득 감소에도 불구하고 수요가 오히려 증가했다는 것은 라면이 가진 열등재의 성격을 보여 준다.

그런데 여기서 중요한 것은 두 위기 당시 모두 라면의 소비자물가지수가 현저히 상승했음에도 라면 소비는 오히려 증가했다는 사실이다. 이는 라면 가격이 비싸졌음에도 불구, 가계 실질소득 감소로 인해 마땅한 대체재를 찾지 못하고 여전히 상대적으로 저렴한 라면의 소비 지출을 늘리게 된 것이 원인으로, 소득효과가 대체효과를 압도하는 현상을 보여 준다. 이처럼 외환위기, 글로벌 경제위기, 팬데믹, 자연재해, 전쟁 등의 사태로 국제 곡물

가격이 상승하고 라면 가격 인상이 이루어지는 시기에 라면이 기펜재적 특성이 두드러지게 나타난다. 전반적인 물가 폭등으로 인해 가계의 실질소득이 감소하게 되는 상황에서 라면 가격이 얼마간 오르더라도 여전히 라면의 대안은 없다. 맛있고 저렴하게 끼니를 해결할 수 있는 매력적 식량으로서의 독보적 지위를 라면은 웬만해선 잃지 않는다는 것이다. 이처럼 경기 침체기에 라면이 불티나게 팔릴 때 '돈 없어도 라면은 못 참아… 불황에도 잘나가는 라면 회사'와 같은 제목의 신문기사가 자주 나오는데, 여기에는 '돈 없어서 (소고기) 참고 라면 먹어… 불황이라 잘나가는 라면 회사'라는 진실이 숨겨져 있다는 것을 기펜재 개념을 통해 이해하게 된다. 나아가 불황기에 가계 부담을 줄이기 위한 실효성 있는 물가 안정 대책에 대해서도 고민해 보는 스스로를 발견하게 될 것이다.

외우지 말고 생각하라

이처럼 경제학 개념을 실생활의 사례와 접목시켜 고찰하고 나면 일상의 경제 현상을 바라보는 시각이 이전과는 달라짐을 느끼게 된다. 생소한 경제학 개념을 이해하기 위해 우리 주변에 존재하는 다양한 재화와 경제 현상에 대해서 다각도로 생각해 보는 것은 단순히 개념 정의를 외우고 넘어가는 것과는 차원이 다른 결과를 낳는다. 이처럼 책 속의 이론과 개념을 실생활과 접목시켜 구체적으로 사고하는 작업은 일상에 숨어 있는 경제 원리를 포착함으로써 인과 관계를 발견하고 나차원적 의미를 해석하는 예리한 눈을 갖도록 돕는다.

* 열등재(劣等財, Inferior Good)
소득이 증가하면 소비가 감소하고, 소득이 감소하면 소비가 증가하는 재화를 의미한다. 이는 정상재(正常財, Normal Goods: 다른 조건이 불변일 때, 소득이 증가하면 소비가 증가하고, 소득이 감소하면 소비가 감소하는 재화)와 대비된다.

** 소득효과와 대체효과(Income effect & Substitution Effect)
상대가격의 변화가 없는 상황에서 실질소득이 변화해 생기는 효과를 의미하며, 대체효과란 어떤 재화의 가격이 하락함에 따라 다른 재화를 사는 대신 가격이 하락한 재화를 더 사게 만드는 효과를 의미한다. 소득효과(+)가 대체효과(-)를 상쇄할 만큼 커야 한다는 기펜재의 조건은 그 재화의 가격이 상승할 때 실질소득 감소에 따른 소비 증가(+)가 대체품으로 소비를 변경함에 따라 초래되는 소비 감소(-)보다 커야 한다는 것을 의미한다. 이는 결과적으로 가격 상승에도 불구하고 소비가 증가하는 수요 법칙의 예외 현상으로 나타난다.

4

시대사적 맥락을
이해하자

적어도 19세기 말까지 우리가 지금 알고 있는 경제학 (Economics)은 본래 정치경제학(Political Economy)이었다. 지금처럼 독립적인 학문 분과로 분리되기 전까지 경제학은 원래 국가의 재정을 운영하는 정치가 혹은 입법가의 학문으로서 정치학의 하위 분과로 다루어졌다는 의미다. 그러다 1870년대 무렵 경제학에서 이른바 '한계혁명(Marginal Revolution)'*이 일어나면서 과학화와 전문화를 지향하는 움직임이 거세지고 경제학은 지금과 같은 이름과 형태로 독립하게 되었다. 이후 경제학은 엄밀한 과학을 지향하는 실증적 연구의 경향성을 띠게 되었다.

예측이 틀리는 이유

한계혁명 이후 경제학계를 지배한 신고전학파(Neoclassical Economics)는 효율성을 극대화하는 합리적인 인간을 가정한다. 그들의 이론에서는 완벽한 비용-편익 분석을 거쳐 오로지 경제적 합리성에 따라 행동하는 인간, 즉 '호모 이코노미쿠스(Homo Economicus)'가 기본값이다. 하지만 사실 인간이란 충동적으로 움직이기도 하고 실수를 반복하기도 하는 불완전한 존재 아닌가. 경제학 모형이 기계적 인과성과 심플함을 추구할수록 현실을 제대로 반영하지 못하고 추상의 세계로 향하게 되는 것은 어찌할 수 없는 일이다. 시대가 빠르고 복잡하게 변화할수록 모형의 오작동이 잦아지는 것은 우연이 아니다. 경제학 이론이 현실과 동떨어져 제대로 된 분석과 예측을 하지 못하면 이론으로서의 효용 가치를 잃을 수밖에 없다. 경제학은 철저히 사람들이 생활하는 현실에 발을 딛고 있어야 한다.

따라서 경제학 서적을 읽는 독자는 무엇보다 경제 이론이 형성된 역사적 맥락을 이해해야 한다. 단순히 아는 수준을 넘어 실질적인 경제 감각을 익히고자 한다면 이론 그 자체보다는 그 이론이 만들어진 시대사적 맥락에 집중해야 한다는 것이다. 경제학은 역사의 필요에 따라 변화하며 발전해 온 시대상의 산물이다. 역사의 한 획을 그은 경제학 이론이 어떠한 시대사적 맥락에서 어떠한 문제의식으로 성립되었으며, 또 어떠한 철학에 기반하고 있는지, 나아가 어떠한 비판에 직면했고 이에 어떻게 대응했는지, 이후 어떻게 발전하고 계승되었는지와 같은 총체적인 서사를 이해해야 한다.

저마다 다른 위기 속에서 탄생한 이론들

인류의 역사를 되돌아보면 언제나 위기의 상황에서 새로운 이론이 탄생했다. 근대 경제학의 틀을 닦은 애덤 스미스(Adam Smith, 1723~1790)의 『국부론(The Wealth of Nations)』(1776)은 산업혁명 초기 소수 대자본가의 독점과 배타적 특권을 옹호하며 국부를 갉아먹던 부패한 중상주의자에 대한 비판의식에서 집필되었다. 그는 '어떻게 하면 국가 전체의 생산력과 부를 증진시킬 수 있을까?'를 자문하고 '모든 사회 구성원이 각기 자유롭게 이윤을 추구하면 국가 전체의 생산력과 부가 증대된다'라는 해답을 찾았다. 그의 저작은 출간과 동시에 유럽 전역에 일대 혁명을 일으키며 본격적인 자본주의와 자유방임주의의 시대를 열었다.

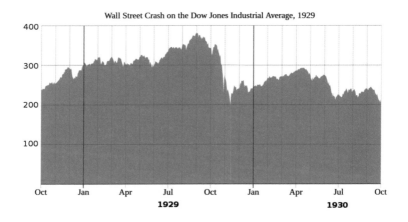

Wall Street Crash on the Dow Jones Industrial Average, 1929

::

월스트리트 주가 대폭락 당시 다우존스 산업평균지수 추이(1929)
Wall Street Crash on the Dow Jones Industrial Average, 1929

이후 한 세기 넘게 스미스의 이론을 필두로 한 고전학파가 득세
했지만 그 이면에는 소득분배의 불평등, 대량 실업, 과잉 생산으
로 인한 재고 증가 등 중대한 결함이 싹트고 있었다. 또 다른 위
기가 배태된 것이다.

1929년 10월 말 뉴욕 월스트리트가 패닉의 구렁텅이에 빠진
주가 대폭락 사건(Wall Street Crash of 1929)은 위기이자 새로운
역사의 분기점이었다. 약 2개월 만에 다우존스 지수가 40% 이
상 급락하고, 금융뿐 아니라 농업과 공업 등 경제 전반이 위축
되면서 세계 전반으로 대공황이 확산되었다. 대공황은 미증유

의 사태였던 만큼 기존의 고전학파 경제 이론으로는 대응이 어려웠다.

전례 없는 위기 상황에서 마치 혁명가처럼 등장한 이가 바로 케인스(John Maynard Keynes, 1883-1946)다. 그는 1936년 출간한 『고용·이자 및 화폐의 일반이론(The General Theory of Employment, Interest and Money)』을 통해 침체된 경기를 회복시키기 위해서는 정부가 나서서 적극적인 재정정책을 펼쳐 총수요를 증가시켜야 한다고 주장하며 고전학파에 정면으로 맞섰다. 대공황에 허덕이던 서구 국가들이 앞다투어 고전학파의 정책을 폐기하고 케인스의 처방을 받아들이면서 1960년대까지 케인스 경제학은 막강한 영향력을 과시했다. 1970년대 초에 그 누구도 예측하지 못한 또 다른 거대한 위기가 터지기 전까지는 말이다.

1970년대 세계 경제에 먹구름을 드리운 사건은 다름 아닌 오일쇼크(Oil Shock)였다. 미국의 지원을 받은 이스라엘과의 전쟁에서 역전패를 당한 중동 산유국들이 서방 국가들에 원유 수출을 금지하기로 결의하면서 석유 가격이 폭등했고 그 결과 전반적인 물가가 급등했다. 이에 따라 사람들의 실질 소득이 줄면서 소비가 위축되고 전 세계가 침체에 빠지고 말았다. 불황에 물가

18C 말	19C 초	19C 중	19C 말	20C 초	20C 중	20C 말	21C 초

::

경제학 이론의 계보
The Genealogy of Economic Theory

마저 치솟는 스태그플레이션(Stagflation)이라는 초유의 사태가 현실화된 것이다. 케인스학파의 이론으로는 물가 상승과 불황을 동시에 해결할 답을 찾을 수 없었기 때문에 각국 정부 정책을 관장하던 케인스학파의 일원들은 체면을 구긴 채 권좌에서 내려와야만 했다. 또다시 위기가 찾아온 것이다.

영원한 것도, 완벽한 것도 없다

애덤 스미스와 고전학파를 계승한 신고전학파에게는 바로 이 위기가 기회였다. 그들은 불황에 물가와 국민소득 수준을 컨트롤 하는 데 있어 더욱 중요한 것은 재정 정책이 아닌 통화 정책이라고 역설하며 새로운 대세로 자리 잡았다. 그들은 통화량의 적절한 조절과 시장기능 활성화로 스태그플레이션 문제를 해결할 수 있다고 믿었다. 신고전학파의 한 분파인 시카고학파(Chicago School)는 1980년대 레이거노믹스(Reaganomics)**에 통화주의의 이론적 기반을 제공하며 신자유주의 시대의 서막을 열었다. 신자유주의 정책은 기업 활동 진작 빛 금융시장 활성화에 기여했지만 동시에 소득 불균형·사회 양극화 문제와 같은 심각한 부작용을 양산하기도 했다. 그 후 2008년 글로벌 금융위기를 거치며 세계 전반에 신자유주의에 대한 회의가 싹텄지만 케인스학파를 계승한 새케인스학파(New Keynesian Economics)와 신고전학파를 계승한 새고전학파(New Classical Economics) 모두 이렇다 할 처방을 제공하지는 못했다. 최근에는 코로나19 팬데믹 위기 속에 국가들이 저마다 적극적인 경기 부양책을 펼치며 자국 우선주의의 기조로 선회하는 양상을 보여 왔다.

경제사는 한마디로 시대 변화와 위기에 맞선 대응의 역사다. 경제사가 우리에게 일러 주는 중요한 교훈 하나는 바로 세상에 영원하거나 완벽한 건 없다는 것이다. 어떠한 모형도 현실에서 결함 없이 작동하지 못한다. 어떤 위기가 언제 어떻게 닥쳐올지 예측해 주는 이론은 존재하지 않는다. 단지 겸손한 마음가짐으로 역사를 통해 교훈을 얻고 깨달으며 앞날을 준비하는 것이 최선의 방책이다. 각 경제학 이론들이 탄생하고 진화해 온 맥락을 들여다보면 최적의 정책 조합(Policy Mix)을 위한 응용력을 키울 수 있다. 위기에 대처하는 과정에서 축적된 인류의 실천적 지혜를 학습하고, 다가올 상황을 기민하게 읽으며 실효성 있는 대책을 강구하는 감각을 체화하는 것은 바로 경제학 이론의 시대사적 맥락을 이해하는 데에서 출발한다.

---

* 산업혁명이 무르익던 1870년대 무렵 영국의 윌리엄 제번스(William Stanley Jevons, 1835~1882), 프랑스의 레옹 왈라스(Leon Walras, 1834~1910), 오스트리아의 카를 멩거(Carl Menger, 1840~1921)가 거의 같은 시기에 독자적으로 '재화 소비에서 오는 만족감(효용)이 가치를 결정짓는다'고 주장했다. 이들은 기존의 선호가 아닌 마지막에 추가된 소비에서 오는 한계효용에 따라 만족감을 극대화하는 소비가 달라진다는 점을 지적하여 일대 혁명을 일으켰다. 이들은 미분법을 적용한 한계분석(Marginal Analysis)을 활용하여 경제 문제를 설명했다. 영국의 알프레드 마셜(Alfred Marshall, 1842~1924)은 위 3인이 발견한 한계효용법칙과 고전학파(the Classical School)의 생산비이론을 종합하여 수요와 공급에 의한 균형가격 결정이론을 정립함으로써 한계혁명을 체계화하는 데 기여했다.

** 미국의 제40대 대통령 로널드 레이건(Ronald Wilson Reagan, 1911~2004)이 1981년부터 1989년까지의 임기 동안 수행한 시장 중심 경제 정책. '레이건(Reagan)'과 '이코노믹스(Economics)'의 복합어로, 세출 삭감, 소득세 대폭 감면, 민영화, 기업에 대한 정부 규제 완화, 절제된 정부 지출, 안정적 금융정책 등을 통해 공급 측면을 자극함으로써 스태그플레이션을 해결하고자 한 공급주의 경제학이다.

5

예측의 대가로부터
통찰력을 얻자

아무리 완벽한 경제 모형이라 한들 정확한 미래 예측이 어려운 이유는 모형 자체는 가치중립적이어서 인간만이 발휘할 수 있는 상상력과 창의력, 그리고 경험과 직관에 기반한 통찰력을 결여하고 있기 때문이다. 따라서 예측을 잘하기 위해서는 실질적인 경제 감각을 체화하기 위한 별도의 작업이 필요하다. 강력 추천하는 것은 바로 중대한 예측을 적중시킨 대가들의 자서전이나 에세이를 읽는 것이다.

간접 경험을 통해 감각을 키우자

경제·경영 분야에서의 미래 예측은 크게 두 종류로 나뉜다. 첫째, 경기 침체·외환 위기·금융 위기 등 경기 변동과 관련된 중대 이벤트의 도래에 대한 예측, 둘째, 인공지능·로봇·바이오 등 유망 산업 트렌드 예측이다. 오랜 기간에 걸쳐 전 세계적으로 인정받는 투자가, 창업자, 경영인 등 대가들의 서사에서 발견되는 공통분모는 바로 성공적인 미래 예측의 경험이다. 그들이 성공적인 예측에 이르게 된 방식과 과정은 데이터 분석, 실험, 논리적 추론, 벤치마킹, 직관, 영감, 상상, 브레인스토밍 등 각양각색이다. 그들의 다양한 스토리 속에는 시대의 흐름을 읽고 역사의 변곡점을 감지하는 센스, 대중의 선호를 정확히 간파하고 한발 앞서 나가는 분석력과 주도력, 위기를 기회로 전환하는 과단성과 도전정신 등 성공에 이르는 노하우와 통찰력이 녹아 있다. 단순 이론 공부를 통해서는 얻을 수 없는 실제적인 예측의 감각을 키우기에 더없이 좋은 자양분이 아닐 수 없다.

대가의 스토리에서 배우는 노하우

일례로 2008년 글로벌 금융위기를 정확히 예측했던 미국의 투자가 레이 달리오(Ray Dalio, 1949~)의 인생과 성공 법칙을 담은 저작『원칙(Principles: Life & Work)』(2017)은 대가의 통찰력과 연륜의 힘이 얼마나 대단한지를 보여 준다. 그는 세계 최대 헤지펀드로 자리 매김한 브리지워터 어소시에이츠(Bridgewater Associates)를 1975년 설립한 창업자이자 전 CEO로서 자신이 일생을 통해 온몸으로 겪은 세계 경제의 부침과 교훈, 투자 실패와 극복의 경험을 생생하게 전한다. 그가 예측을 적중시키며 통해 투자 성과를 극대화해 나가는 여정에는 과거의 역사를 면밀히 분석하는 과정, 그리고 주요 이벤트의 배경이 되는 시대사적 맥락과 데이터를 철저히 조사·연구하는 기나긴 인고의 시간이 존재했다. 그에게도 1982년 멕시코 채무 불이행 사태의 추이를 잘못 예측하여 투자 실패로 거의 파산에 이른 나락의 경험이 있다. 그러나 그는 크고 작은 실패에 굴하지 않고 오히려 시행착오를 자신의 예측 모형을 다듬고 보완하는 기회로 삼았다. 그는 2008년 글로벌 금융위기 예측을 적중시킨 과정을 다음과 같이 술회한다.

"나는 1982년에 내가 예측했던 채무위기가 경제를 침몰시킬 것이라고 얼마나 강하게 확신했는지, 그리고 그 결과가 얼마나 참담했는지 기억하고 있었다. 이런 경험 때문에 나는 채무위기와 그것이 시장에 미치는 영향에 대해 많은 것을 배웠다. 1980년대 남미의 채무위기, 1990년대 일본의 채무위기, 1998년 롱텀 캐피털 매니지먼트의 파산, 2000년 닷컴 버블 붕괴, 그리고 2001년 세계무역센터와 미국 국방부에 대한 테러 공격에 따른 경제 여파 등 수많은 위기를 경험하면서 투자하고 연구했다. 브리지워터 직원들의 도움으로 역사책과 과거의 신문 기사들을 뒤져 대공황기와 바이마르 공화국 시대를 날짜별로 조사했다. 그리고 그 당시 발생했던 일과 현재 일어나고 있는 일들을 비교 분석했다. 이러한 비교 분석은 내가 예측한 최악의 시나리오에 대한 확신을 주었다."

그는 실패를 극복하는 과정을 통해 역사에 대한 존경심을 갖게 되었음은 물론 역사 공부의 필요성을 절실히 깨닫게 되었다고 말한다. 그가 세계 경제의 굵직한 사건들을 맞닥뜨렸을 때 과거 역사 속 유사한 사례들의 디테일한 연구를 통해 대응책을 모색하는 과정은 경제에 어떻게 접근해야 하는가에 대한 중대한 시사점을 준다. 경제학이 과학을 지향하며 점차 단순화·중립화되고 있는 추세에도 불구하고, 역사 속 사례 연구를 통해 다양한

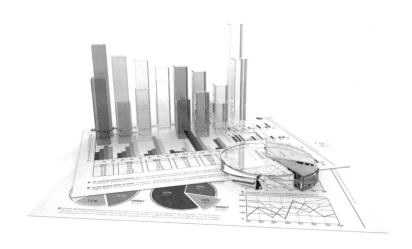

가능성을 모색하며 미래 예측에 직관과 상상력을 개입시키는 레이 달리오의 유니크한 양적·질적 방법론은 여전히 세계의 독자들을 매료시킨다.

그는 2021년 출간한 자신의 저작 『변화하는 세계 질서 (Principles for Dealing with the Changing World Order)』에서 과거 역사의 사이클과 패턴 분석을 통해 중단기 미래를 예측하며 다음과 같이 이야기한다.

"단기적인 관점에서 투자를 결정해야 하는 투자 회사의 운영자가 장기간의 역사에 관심을 갖는다면 조금 이상하게 생각할 수도 있을 것이다. 하지만 나는 경험을 통해 장기적 관점이 필요하다는 것을 깨달았다. 내 방식은 학문적 연구를 목적으로 하지 않는다. 투자 성과를 높이기 위한 실용적인 목적이다. 직업상 나는 경제에 닥칠 일을 경쟁사보다 더 잘 예측하려고 한다. 그런 이유로 지난 50년 간 주요 경제권과 시장을 면밀하게 관찰해서 발생 가능한 일을 정확히 예측하려 했다. 물론 정치적 상황도 포함이다. 정치와 경제는 상호 영향을 주기 때문이다. 시장을 치열하게 연구한 결과 미래를 예측하고 대응하는 능력은 변화를 발생시키는 인과 관계를 제대로 이해하는 능력에 달려 있으며 그 능력은 과거에 그것이 어떻게 변화해 왔는지를 연구해야만 얻어질 수 있음을 깨달았다."

그가 분명히 밝히고 있듯이 예측력의 핵심은 인과 관계를 정확히 이해하는 능력이다. 그가 평생을 바쳐 집착적일 정도로 역사 연구를 통한 데이터 축적과 사례 분석에 매진한 이유가 바로 여기에 있다. 그는 경쟁 일선에서 뛰던 과거였다면 자신이 노력해서 얻은 지식을 굳이 남들에게 말하려 하지 않았겠지만 나이를 먹고 보니 자신이 체득한 것을 다른 사람들과 나누는 것의 소중함이 더 크게 느껴진다고 덧붙인다. 세상의 작동 원리에 대한 이해를 독자와 공유하고 보다 나은 미래를 향한 방향성을 제시하기 위해서 책을 썼다는 그의 말에선 진정성이 묻어 난다. 인생의 황혼기에 접어든 투자의 대가가 부나 유명세를 얻고자 하는 심리적 목적에서 책을 쓸 유인은 크지 않을 것이기 때문이다. 이미 큰 성공을 거둔 대가들은 정말 좋은 것을 함께 나누고 싶어 책을 내는 경우가 대부분이기에 그들의 이야기는 읽어 볼 가치가 있다. 대가들의 경험담을 읽는 것은 그들이 수십 년에 걸쳐 온갖 시행착오를 통해 축적한 귀한 인사이트를 편안히 앉아서 얻을 수 있는 가장 손쉬운 방법이다.

6

설계로 가득 찬
세상 이해하기

　일반적인 경제학에 크게 관심이 없다면, 우리의 일상과 긴밀히 맞닿아 있는 행동경제학(Behavioral Economics)에 관심을 가져 볼 것을 권한다. 행동경제학이란 경제행위 속에서 인간의 본성을 포착하고 경제적 선택의 심리적인 인과 관계를 분석하는 경제학의 하위분과로, 주제 자체가 매우 흥미로울 뿐 아니라 세상을 보는 시각을 비약적으로 넓혀 준다는 점에서 들여다볼 만하다. 인간을 합리적 존재로 가정하는 전통 경제학과 달리 행동경제학에서는 '보통 인간'의 비합리적이며 감정적인 선택에 주목한다. 즉 일상생활에서 우리가 현실적으로 경험하는 경제 현상의 배후에 어떠한 작동 원리가 내재해 있는지를 심리학과의 협업을 통해 밝혀내는 학문 영역이 바로 행동경제학이다.

"자외선 1% 흡수" vs. "자외선 99% 차단"

쉬운 예를 들어 생각해 보자. 여기 두 개의 선크림이 있다고 가정하자. 브랜드, 가격, 디자인, 자외선 차단 지수 등 모든 조건이 같지만 딱 하나, 효능에 관한 문구만 표현 방식이 살짝 다르다. 선크림 A에는 "자외선 1% 흡수"라는 문구가, 선크림 B에는 "자외선 99% 차단"이라는 문구가 쓰여져 있다. 사실 두 문구는 결국 같은 뜻이다. 굳이 둘 중 하나만 골라야 한다면 여러분의 선택은 A인가, B인가?

완벽한 비용-편익 분석에 따라 행동하는 합리적인 '호모 이코노미쿠스(Homo Economicus)'에게는 두 선크림이 무차별적으로 느껴질 것이다. "자외선 1% 미만 흡수"와 "자외선 99% 이상 차단"은 결국 같은 뜻이기 때문이다. 하지만 이성과 감정을 모두 지닌 실제의 인간이라면 이 두 문구가 같은 뜻임을 알면서도 왠지 B에 손이 갈 것이다. 선크림의 목적은 자외선을 피부로부터 '차단'하기 위함이므로, 아무리 적은 양의 자외선이라도 '흡수'한다는 문구가 새겨진 선크림은 기분상 찜찜하게 느껴지기 때문이다. '차단'이라는 문구가 눈에 띄게 명시되어 있어야만 소비자는 비로소 안심하고 물건을 집어들게 된다. 시중에 판매되고 있는 어떠한 선크림도 '자외선 차단'이라는 문구 대신 '자외선 흡수'라는 문구를 내세우지 않는 데에는 다 이유가 있다. 이처럼 동일한 효용을 지닌 두 물건에 대해 극명한 선호의 차이가 생기는 것은 말 그대로 '기분 탓'이다. 행동경제학은 이처럼 기분과 감정에 영향을 받는 인간이 비합리적 선택을 내리는 이유 그리고 숨은 인과 관계를 분석한다.

'넛지(Nudge)'가 움직이는 세상

한편으로 행동경제학은 세상이 얼마나 거대한 설계에 의거해 작동하는지를 보여 준다. 앞서 살펴본 것과 같이 소비자의 구매 의욕을 촉진하여 판매를 극대화하는 기업의 마케팅 전략은 행동경제학의 아주 작은 일부에 지나지 않는다. 경제를 넘어 정치, 조세, 복지, 교육, 행정, 사법 등 포괄적인 사회 관습 및 규칙이 작동하는 곳에는 어디에나 절묘하게 기획된 설계가 숨어 있다. 이러한 사회적 설계는 소정의 인센티브를 활용해 구성원들로 하여금 특정한 방식으로 행동하게끔 이끄는 일종의 유도 장치이자 사회 안전망이다. 이를테면 사회 구성원에게 노후 대비용으로 연금저축펀드에 가입하도록 유도하고 절세 혜택을 주는 것,

::
밟으면 소리가 나는 피아노 계단(독일 폭스바겐社 "Fun Theory" 캠페인)
"Fun Theory" Piano Staircase Initiative by Volkswagen

친환경 수소차나 전기차 구매 시 보조금 혜택을 주는 것, 사교육 과열을 지양하고 공교육을 정상화시키기 위해 공영방송과 수학 능력시험을 연계시키는 것과 같은 제도적 장치들은 사회 전체적으로 불필요한 비용을 절감하고 자원을 효율적으로 배분한다는 공통적인 지향성을 갖는다.

한편으로 사회 구성원의 건강과 안전을 보장하고 전반적인 삶의 질을 제고하기 위한 유도 장치들도 다양한 형태로 고안되고 있다. 이를테면 택시 승객이 뒷좌석에서 안전벨트를 착용할 경우 와이파이(Wi-Fi)를 제공하는 사례, 밟으면 불빛이 나는 피아노 건반 모양으로 지하철역 계단을 만들고 시민들이 계단을 오르내릴 때마다 기부금을 적립하여 어려운 이웃도 돕고 계단 이용도 장려하는 사례, 남자화장실 소변기에 파리 그림을 그려 넣어 은연중에 조준을 유도함으로써 밖으로 튀는 소변의 양을 줄이는 사례 등 참신하고 효과적인 사례들이 계속해서 개발되고 있다. 크게 힘이 들지 않는 행위의 대가로 인센티브를 부여하여 시민들이 자율적으로 바람직한 선택을 하도록 이끄는 '넛지 효과(Nudge Effect)'가 좀 더 살기 좋은 세상을 만드는 데에 기여하고 있는 것이다.

올바른 선택을 유도하는 '선한 간섭'

행동경제학 분야의 베스트셀러 『넛지(Nudge)』(2008)에서 저자인 리처드 탈러(Richard H. Thaler, 1945~)와 캐스 선스타인(Cass R. Sunstein, 1954~)이 다음과 같이 밝히고 있는 대목은 행동경제학의 의의와 가치에 대해 많은 것을 시사한다.

"우리 저자들은 이 책에 『원클릭 간섭주의(One-Click Paternalism)』라는 제목을 붙일까 하는 생각을 했다. 비록 그 생각을 접긴 했지만, 이런 사실이 우리가 어떤 목표를 가지고 이 책을 썼는지 짐작하는 데 도움이 될 것 같다. (중략) 우리가 '간섭주의'라는 단어를 사용한 데에는 이유가 있다. 만약 사람들이 어떤 선택과 관련한 모든 정보를 알고 있으며 다양한 행동적 편향에 사로잡히지 않는다면 올바른 선택을 할 수 있겠지만, 현실은 그렇지 않다. 그러므로 우리가 개입해 모든 정보를 알고 모든 편향에서 자유로울 때 사람들이 선택할 수 있는 선택지로 유도함으로써 사람들을 보호하겠다는 것이었다. 이게 그 이유다. 즉 목적에 개입하는 것이 아니라 수단에 개입하는 것이다. 다시 말해 넛지는 일반적으로 사람들이 자기 목적에 맞는 올바른 수단을 찾도록 돕기 위해 설계된다."

행동경제학이야말로 현실에 발을 딛고 있는 학문 영역이다. 행동경제학은 눈에 보이는 일상 배후의 작동 원리를 분석함으로써 사회와 사람들, 그리고 나 자신에 대해 이해하도록 돕는다. 우리가 속한 이 세계가 온갖 설계와 유인책으로 가득 차 있다는 사실을 인지하면 세상을 보는 눈은 획기적으로 달라진다. 사기에 현혹되지 않고 올바른 수단을 선택하는 현명함, 주어진 조건하에서 효용을 극대화할 수 있는 합리성, 나의 선택이 사회 구성원에 미칠 영향을 고려하는 연대의식, 이기주의에 갇히지 않고 공공선을 지향하는 시민의식 등의 긍정적인 마인드셋은 행동경제학을 읽는 자가 함양할 수 있는 미덕이자 특권이다.

CHAPTER 5

인간의
조건
: 정치·사회

1

'문제점-원인-해결책'을
구조화하자

정치·사회 장르 서적의 존재 의의는 우리가 함께 살아가고 있는 공동체의 문제를 분석하고 해결하는 데 있다. 책의 구조는 대체로 심플하다. 서론(문제의식)-본론(문제의 원인)-결론(해결책)의 3단계 구성이다. 현실정치 혹은 사회 현상에서 포착한 저자의 핵심적인 문제의식은 집필 동기이자 책 전체의 주제로서 서론에서 소개되고, 본론에서는 저자 나름의 근거와 함께 문제의 원인 분석이 이루어지며, 결론에서는 원인 분석을 토대로 문제 해결을 위한 방안이 제시된다. 책에서 타깃하는 특정 사회 현상의 '문제점-원인-해결책'을 구조화하는 것은 성공적인 독해를 위한 필수적인 선결 조건이다.

왜 끝까지 읽기가 힘든가

정치·사회 장르 독서에 실패하는 가장 큰 이유는 본론에서 피로감을 느끼기 때문이다. 본론에서는 저자의 주장을 뒷받침할 근거로서 구체적인 사례와 통계 자료가 제시되는데 이 부분에서 객관적 정보의 양이 말 그대로 '쏟아지는' 수준이라 독자로서는 스트레스를 받을 수밖에 없다. 하지만 지쳐서 책을 놓아 버리면 그냥 게임 끝이다. 중단했던 부분에서 다시 맥을 잡고 독서를 이어 나가는 일이 무척 어렵기 때문이다. 안타깝지만 이렇게 책의 중간 단계에서 읽기를 포기할 경우 책의 하이라이트인 결론에 도달하지 못하므로 앞부분을 읽느라 투자한 시간도 무의미해져 버린다. 또한 '문제점-원인-해결책'에 대한 완결적인 이해가 없으므로 누군가에게 책의 내용에 대해 소개해 줄 수도, 나의 의견을 토대로 책을 평가하거나 저자에 반박할 수도 없다. 책을 끝까지 독파하려면 본론에서 엄습하는 피로감을 극복하기 위한 전략이 필요하다.

'문제점-원인-해결책'을 먼저 구조화하자

핵심을 먼저 구조화하고 독서에 돌입하자. 서론과 목차를 활용해서 책 전체의 구조를 우선 파악하고 독서를 시작하는 것은 일종의 치트키와 같은 놀라운 효과를 발휘한다. 본론에 등장하는 수많은 사례와 통계자료들의 의도와 의의를 캐치하도록 돕는 단서가 되기 때문이다. 구조가 머릿속에 잡히면 저자가 어떤 문제의식에 대한 동의를 얻기 위해서 자료를 제시했는지, 그리고 어떤 결론을 제안하기 위한 복선으로서 자료를 동원했는지 행간을 읽고 비판적으로 독해할 수 있다. 이처럼 구조화 작업은 자료를 해석하는 데 필요한 집중력과 근거의 타당성을 검증하는 데 필요한 판단력을 높이는 데에 기여한다.

독일의 사회학자 울리히 벡(Ulrich Beck, 1944~2015)의 저작 『위험사회: 새로운 근대성을 향하여(Risk Society: Toward a New Modernity)』(1986)를 하나의 예시로 삼아 살펴보자. 대부분의 책들이 그러하듯 이 책도 저자가 말하고자 하는 바가 서문에서 모두 소개된다. '문제점-원인-해결책'을 위주로 핵심을 간략하게 정리하고 책의 목차를 다음과 같이 구조화할 수 있다.

◈ 『위험사회』의 핵심 정리

1. 문제점

산업사회가 해체의 위기를 맞이하고 있다.

2. 원인

① 산업사회의 위험(Risk)이 갖는 독특성: 전 지구적 위해를 야기할 잠재력과 파급력

② 산업사회 내부에서 전개되는 근대성과 반근대성 사이의 내재적 모순: '계급', '핵가족', '전문직' 등 산업사회를 구성하는 전통적 구성요소에 균열 발생

3. 해결책

산업사회의 상(image)을 시대의 변화에 걸맞게 수정하고, '성찰적 근대화(Reflexive Modernization: 산업사회의 위험에 대한 새로운 대응 체계를 모두의 숙고를 통해 만들어 가는 복합적 과정)'를 이루어야 한다.

◈ 『위험사회』의 구조화

문제점

서문
⋯ 문제 제기: 해체 위기의 산업사회

원인

제1부 **문명의 화산 위에서 살아가기: 위험사회의 윤곽**
1장 부의 분배논리와 위험의 분배논리
2장 위험사회와 지식의 정치
⋯ 문제의 원인 ①: 위험(Risk)의 독특한 잠재력·파급력

제2부 **사회적 불평등의 개인주의화: 생활형태들과 전통의 사망**
3장 지위와 계급을 넘어서?
4장 '나는 나': 가족 내부 및 외부의 젠더 공간과 갈등
5장 개인주의화, 제도화, 그리고 표준화: 생활 상황과 생애의 유형
6장 노동의 탈표준화
⋯ 문제의 원인 ②: 산업사회의 내재적 모순

해결책

제3부 **성찰적 근대화: 과학과 정치의 일반화에 관해**
7장 진리와 계몽을 넘어선 과학?
8장 정치적인 것의 개막
⋯ 해결책: 성찰적 근대화로써 극복

2

구조에 살을 붙여
구체화하자

정치·사회 장르는 대체로 '문제점-원인-해결책'이라는 심플한 구조로 쓰여지는 만큼 구조화 작업을 통해 이해의 효율을 극대화할 수 있다는 점이 특징이다. 책을 읽기에 앞서 개략적으로 구조를 파악한 후에 책을 실제로 읽어 나가면서 구조에 살을 붙여 구체화하는 작업은 책의 내용을 명확히 기억하고 분석력을 발전시키는 데 큰 도움을 준다.

구조화 작업은 크게 다음의 두 단계로 이루어진다.

첫째, 책 전체 내용의 구조화 작업,
둘째, 각 챕터별 내용의 구조화 작업이다.

책 전체 내용의 구조화

첫째, 책 전체 내용의 구조화 작업에서 염두에 두어야 할 사항은 다음과 같다. 책 전체를 포괄하는 핵심적인 문제의식과 가설, 책의 목차에 따른 챕터별 핵심 내용, 그리고 논의 전개에 필수적인 핵심 용어 및 개념 등을 가급적 한 페이지로 한눈에 개관할 수 있도록 정리하는 것이다.

챕터별 내용의 구조화

둘째, 각 챕터별 내용의 구조화 작업에서 고려할 사항은 각 챕터의 핵심 주장, 핵심 개념, 근거의 타당성, 주장에 대한 나의 의견, 비판과 반론 등이다.

프랑스의 사회학자 에밀 뒤르켐(David-Émile Durkheim, 1858~1917)의 『자살론(Le Suicide: Étude de sociologie)』(1897)을 예시로 책의 전체 구조와 결론부인 마지막 챕터의 구조를 다음과 같이 정리해 보자.

◈ 책 전체 내용의 구조화 예시

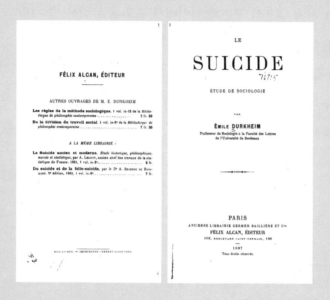

『자살론』전체 구조

1) 핵심적인 문제의식과 가설

"자살은 사회적 현상이다."

: 모든 사회는 역사의 순간마다 자살에 대해 특정한 경향을 보인다. 자살률을 그 안정성과 변동성이 보여 주는 바와 같이 통합적이고 확정적인 사실적 질서다. 자살은 '사회적 현상'이라는 가설 검증을 위해 '사회적 자살률'이라는 구체적 사실의 기반이 되는 조건을 검토하겠다.

2) 목차 구조화

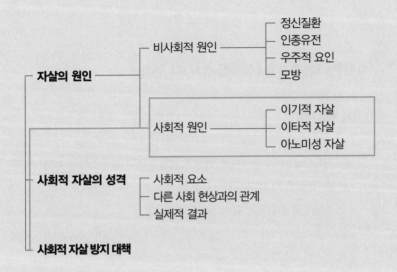

자살의 원인
- 비사회적 원인
  - 정신질환
  - 인종유전
  - 우주적 요인
  - 모방
- 사회적 원인
  - 이기적 자살
  - 이타적 자살
  - 아노미성 자살

사회적 자살의 성격
- 사회적 요소
- 다른 사회 현상과의 관계
- 실제적 결과

사회적 자살 방지 대책

3) 핵심 개념, 용어 정리

'자살'

: 희생자 자신의 적극적, 소극적 행위의 직접적, 간접적 결과로 인한 모든 죽음을 의미

'아노미(Anomie)'

: 갑작스럽게 규제가 마비되거나, 전통적 규범이 사회 변화로 더 이상 구성원을 통제할 수 없을 때의 무규범, 무규율 상태

◈ 챕터별 내용의 구조화 예시

『자살론』 제3부 3장 〈실제적 결과〉의 구조

1) 챕터 핵심 내용

① 정치사회(국가), 종교사회, 가정과 같은 전통적 사회 집단들은 자살을 예방하는 기능을 더 이상 수행하지 못함.

② '직업조합'을 새롭게 정비하는 것이 대안임.

③ '직업조합'의 내부 결속이 강화되고 새로운 유대감정이 형성되면 오늘날의 이완된 사회조직망이 다시 치밀해지고 강화될 것임.

2) 챕터 핵심 개념

① '정치사회': 정부에 의해 민간집단들의 이해관계와 가치 체계가 개진되고 집결되는 공간

② '직업조합': 비슷한 목적을 가진 생산자 또는 소비자가 모여 각자의 이익을 옹호하기 위해 만드는 단체

⋯▸ 같은 과업에 종사하는 개인들로 구성되며, 서로 연대하고 결속된 이해관계를 가지므로 사회적 관념과 감정을 발전시키는 데 가장 좋은 사회 집단

⋯▸ 출신 배경과 문화, 직업의 동일성은 공동생활의 가장 훌륭한 밑바탕

3) 근거의 타당성 판별

① 가족의 자살 예방 효과 계산 방식에 있어서의 문제 제기: 1880~1887 사이 기혼자 자살률이 35% 증가한 것과 관련, 일반적 경향성으로 확언하기에는 time span이 짧다는 점 지적 가능
⋯ 일시적 요인, 외부적 변수 등 특수 원인 존재 여부 확인 필요

4) 반론 제기

① 오늘날 비대면 직종이 늘어나는 추세 속에 직업조합이 실질적 영향력을 얼마나 발휘할 수 있는가? 비대면을 선호하는 조합원들을 어떻게 포섭할 것인가?
② 직업 간 구획이 모호해지고, 'N잡러'가 증가하는 등 전통적 직업 구분 방식에 변화가 생기는 추세 속에, 직업조합은 어떻게 진화해야 할 것인가?

3

제목에
오도되지 말자

　사회학 서적의 경우 특히 제목에 속기 쉽다는 함정이 있음에
유의하자. 사회학은 인간의 사회적 행위에 대한 분석과 이해를
목표로 하는 학문인 만큼 문제의 인과 관계 규명과 해결책 도출
을 위해 구조적인 차원에서 접근한다는 특성을 갖는다. 사회학
이라 하면 일견 추상적으로 느껴지지만 사실 이 학문 영역에서
다루는 주제는 우리의 일상생활과 밀접히 맞닿아 있는 경우가
많다. 세대 간 갈등, 범죄율·자살률·이혼율 증가와 같은 사회 트
렌드에서부터 가정·학교·직장 등 생활 공간을 둘러싼 문화와 관
습, 나아가 무기력·불안·혼란 등 구성원들의 감정과 심리 문제
에 이르기까지 정상적인 사회인이라면 관심을 갖게 되는 주제들
이 사회학의 연구 대상이다. 자연히 사회학 서적은 친숙하고 흥

미로운 제목을 갖기 쉬운데, 이는 독자에게 의도치 않게 배신감을 불러일으킬 수 있다는 맹점을 낳는다. 제목과 달리 내용은 마냥 친근하고 흥미롭지만은 않기 때문이다. 속았다는 배신감에 허탈해하고 싶지 않다면 장르 및 방법론에 대한 이해와 마음의 준비가 필요하다.

표지를 까봐야 안다

의도치 않게 제목으로 독자를 유인하는 '배신감 유발자'의 사례로 독일 출신의 사회심리학자이자 정신분석학자인 에리히 프롬(Erich Fromm, 1900~1980)을 들 수 있다. 1922년 하이델베르크 대학에서 사회학으로 박사 학위를 받은 그는 사회학과 심리학을 결합하여 사회심리학이라는 새로운 장르를 창안했다. 그는 사회 문제의 원인을 규명하고 해결 방안을 도출하기 위해 사회 구성원의 심리와 정신세계를 예리하게 꿰뚫어 분석하는 고유의 방법론을 발전시켰다. 그렇다면 그가 남긴 저작들의 제목 면면을 보자.

『사랑의 기술(The Art of Loving)』

『소유냐 존재냐(To Have or To Be?)』

『자유로부터의 도피(Escape from Freedom)』

　자못 시적이고 낭만적이지 않은가. 제목만 보면 수필집 같기도 하고, 시집 같기도 하고, 자기계발서 같기도 하고, 소설 제목 같기도 하여 쉽사리 내용을 예측하기 힘들 정도다. 저자와 책 내용에 대한 아무런 사전 지식이 없는 상태에서 표지와 제목만 본다면 부담 없이 손이 갈 수 있을 만한 제목들이다. 이러한 제목들은 독자에게 위로와 힐링을 주는 말랑말랑한 내용을 담고 있을 것 같다는 기대를 품게 하지만, 사실상 책 내부는 사회 현상의 인과 관계를 탐색하는 이론적이며 비판적인 내용으로 가득 차 있다. 이 세 권의 책들은 공통적으로 인간이 자아를 상실하면서 수단화되어 가는 현대사회의 문제를 지적하고 해결책을 제시하는 구조로 집필되었다. 따뜻함이 느껴지는 제목이 무색하게 책의 논의는 이성적이며 차갑다. 책을 읽다가 '이 책 그렇게 안 봤는데, 생각했던 것과 다르네' 하고 배신감과 실망감을 느끼게 된다면 그것은 제목에 속았다는 방증이다.

::
『사랑의 기술』,『소유냐 존재냐』,『자유로부터의 도피』 초판 표지
The First Edition Covers of *Art of loving*, *To Have or To Be?*, and *Escape from Freedom*

저자의 이력과 서문에 답이 있다

　책의 제목에 오도되지 않는 방법은 간단하다. 철저히 '내가 무엇을 알고 싶은가'를 파악한 후 이에 근거해 책을 고르는 것이다. 즉 책의 주제와 장르, 그리고 방법론에 대해 미리 이해를 갖고 시작하는 것이다. 적어도 저자인 에리히 프롬의 박사 전공이 사회학이라는 것만 알아도 장르와 방법론에 대한 예측은 어느 정도 가능하다. 더 구체적으로는 책의 서문을 읽으면 어느 정도 답이 나온다. 대부분의 저자들은 서문을 통해 독자들에게 책의 주제, 문제의식, 방법론, 개괄적인 논의 진행 방향 등에 대해 안내하므로, 책을 선택하기 전 서문을 꼼꼼히 잘 읽어 보면 내가 원하는 책인지 아닌지 감이 올 것이다. 프롬의 경우 『자기를 위한 인간(Man for himself)』(1947) 서문에서 다음과 같이 명시한 바 있다.

　"사람들은 심리학 서적이 '행복'이나 '마음의 평안'을 성취하는 법을 가르쳐 줄 것이라 기대한다. 이 책에는 그런 비법이 없다. 이 책은 윤리학과 심리학의 문제를 명확히 하려는 이론적인 시도다. 다시 말해, 독자에게 마음의 평화를 주려는 것이 아니라 자신에 대해 의문을 품도록 유도하는 데 목적이 있다."

그는 이러한 언명을 통해 자신의 방법론이 사회 문제의 원인을 규명하고 대안을 제시하는 사회학, 즉 사회과학을 따르고 있음을 명백히 하고 있는 것이다. 내용으로만 봤을 때 이 책은 사회학과 심리학, 철학과 윤리학의 경계를 넘나들지만 논의 진행 방식은 분명 사회과학적이다. 시대가 직면한 도덕의 위기에 대한 문제의식에 기반, 사회 구성원 스스로 목적이 아닌 도구로 전락하게 만드는 사회 구조적 원인을 지적하며 자신과 사회의 도덕적 문제를 직시하려는 적극적인 의지와 용기를 발휘할 것을 촉구하고 있기 때문이다. 대부분의 서점에서 프롬의 책은 인문학 장르에 배치되지만 사실은 방법론상 사회과학 장르에 가깝다. 독서법을 결정짓는 것은 책의 방법론이므로 그의 책은 사회과학 장르로 안내하는 것이 독자의 올바른 선택과 마음의 준비를 위해 나은 방향이라고 여겨진다.

방법론이 곧 장르다. 장르의 난해함을 극복하고서라도 책의 내용을 꼭 알고 싶다는 마음의 준비를 마쳤을 때 책을 펼치면 실패가 없다.

4

저자의 주장은
하나의 의견일 뿐이다

　정치·사회 장르를 읽는 독자가 할 일은 바로 저자의 주장에
대한 비판을 통해 '나의 견해'를 정립하는 것이다. 저자의 주장은
말 그대로 하나의 의견일 뿐이며 그가 제시하는 근거로서의 사
실들 역시 편향되고 왜곡되었을 가능성이 있음에 언제나 유념해
야 한다. 주장과 근거의 타당성과 신뢰성을 철저히 검증하고 나
의 생각을 바로 세우는 작업은 온전히 독자의 몫이다.

　특히 미래 전망과 예측이 이루어지는 주제일 경우 저자의 주
장을 받아들이는 데 있어 신중해야 한다. 정치·사회 영역은 다
양한 인간 주체의 상호작용과 우발적 요인들에 의해 그 경로가
형성되는 만큼 엄밀한 과학적 계측과 정확한 예언이 불가능하

다는 점을 염두에 두어야 한다. 따라서 저자의 주장은 일단 색안경을 끼고 보되, 주장을 뒷받침하는 근거들의 사실성과 타당성을 치밀하게 검증하면서 비판적으로 받아들여야 한다. 정치·사회 영역에서 단 하나의 정답이란 존재하지 않는다. 저자의 주장이 유일한 해답일 가능성은 제로에 가깝다. 다만 현실의 일면을 설명하는 데 쓸 만한 가치를 지닌 하나의 도구로서 기능하는 것은 가능하다. 책의 내용을 철저히 검증·비판하여 수용하고 다른 이론들과 조합하여 현실 분석과 미래 예측에 유용하게 활용한다면 그것이야말로 정치·사회 장르의 목적에 부합하는 독서 활동을 수행한 것이다.

현실 설명력이 있는 주장인가

소련 붕괴 직후 '뜨거운 감자'로 떠올랐던 미국의 정치학자 프랜시스 후쿠야마(Francis Yoshihiro Fukuyama, 1952~)의 저작 『역사의 종말(The End of History and the Last Man)』(1992)은 책의 주장을 어떻게 받아들일 것인가에 대한 좋은 예시가 된다. 후쿠야마는 이 책에서 "소련 붕괴로 공산주의는 자유주의와의 경쟁에서 완전히 패배했으며, 이제 자유민주주의가 최종적인 정부 형태로 보편화됨으로써 인류의 이념적 진화가 완성될 것이다"라는 급진적인 주장을 폈다. 당시 승리감에 도취되어 있던 미국과 서구의 지식인들은 이에 환호했지만 동시에 그의 논점은 광범위한 비판에 직면하기도 했다. 그의 주장은 엄밀한 사회과학적 연구의 결과라기보다는 독일 철학자 헤겔의 역사관을 빌려 민주주의의 이념을 전 세계로 전파하고자 하는 희망적 사고에 가까웠기 때문이다.

이후 역사의 전개는 그의 희망만큼 낙관적이지 않았다. 자유민주주의와 자본주의에 도전하는 세력들의 도발로 지구촌 곳곳에서 전쟁과 테러가 끊임없이 이어지는 가운데 외환위기와 글로벌 금융위기 등 체제의 결함과 불안정성이 노정되어 왔다. 민주주의의 탈을 쓴 국가들 내부에 권위주의 성향의 정권이 속속 들어서고, 자본주의란 미명하에 자국 우선주의와 제국주의가 점차 노골화하는 역사의 흐름 앞에서 후쿠야마는 자신의 예측에 오류가 있었음을 인정할 수밖에 없었다. 하지만 그렇다고 해서 그의 주장이 전혀 의미가 없었다고는 말할 수 없다. 현상의 일면을 들여다보고 해석하는 하나의 렌즈로서는 충분히 가치 있었기 때문이다. 세상사는 예측 불가능하며 정답이 없는 만큼, 최대한 다양한 시각으로 문제를 바라보고 분석하는 것은 현실 너머 진실에 가까이 다가가는 데 도움이 된다. 사회 현상에 대한 모든 분석과 예측은 진실을 추구하는 하나의 의견으로서 검토되고 존중되어야 한다. 그 주장이 얼마나 타당하고 신뢰할 만한지의 여부는 면밀히 따져 봐야 할 별개의 문제지만 말이다.

사회 통찰에 유용한 렌즈를 제공하는가

후쿠야마에 반박하는 견지에서 "냉전 종식 이후의 세계에서는 문명 정체성이 새로운 분쟁의 씨앗이 될 것이다"라고 목소리를 높인 미국의 정치학자 새뮤얼 헌팅턴(Samuel Huntington, 1927~2008)의 주장에도 주목해 볼 필요가 있다. 그는 자신의 저작『문명의 충돌(The Clash of Civilizations and the Remaking of World Order)』(1996)에서 냉전 종식과 함께 이념 대결은 끝났을지 모르나 '역사의 종언'을 선언할 만큼 세계가 완벽한 평화의 시대로 접어든 것은 아니며, 앞으로는 서구권·중화권·일본권·힌두권·이슬람권·그리스도교권·라틴아메리카권·아프리카권 등 8개 문명권역에 기초하여 국가들이 갈등적인 이합집산을 지속할 것이라고 주장했다. 9·11테러 발발, 아프가니스탄과 이라크에 대한 미국의 선전포고와 오랜 전쟁, 2000년대 이후 중국의 부상과 함께 격화된 미중 간 경제·기술·안보 갈등과 같은 일련의 흐름은 종종 헌팅턴의 문명 충돌론을 소환해 내기도 했다. 하지만 유사 문화를 지닌 인접국이라 해서 같은 문명으로 뭉뚱그려 설명하기 어려울 정도로 국가들이 철저히 자국의 이해관계에 의거해 움직이며 새로운 이슈에 따라 복잡다단하게 재편되어 가는 국제정치의 흐름 속에 문명 충돌론 또한 서서히 잊혀져 가고 있는 것이 사실이다.

헌팅턴의 예측도 후쿠야마의 그것처럼 완벽히 현실을 내다보지 못했다. 다만 그가 후쿠야마와 달랐던 점은 자신의 예측이 지닌 본질적 한계와 의의에 대해서 미리 알고 있었다는 것이다. 헌팅턴이 『문명의 충돌』 머리말에 다음과 같이 담담히 밝힌 부분은 저자의 주장을 어떻게 받아들이고 활용할지와 관련해 충분히 곱씹어 볼만한 가치가 있다.

"이 책은 학자들이 의미 있게 받아들이고 정책 입안가들이 쓸모 있게 활용할 수 있는, 세계정세를 바라보는 해석들이라고 할 수 있는 패러 다임을 제공하겠다는 야심을 담았다. 세계정세에서 발생하는 모든 사건을 설명할 수 있느냐 하는 것이 이 책의 의미와 유용성을 가늠하는 시금석이 되는 것은 아니다. 이 책은 분명히 그런 설명을 제공하지는 못한다. 중요한 것은 이 책이 다른 패러다임의 렌즈보다도 국제 정세의 추이를 잘 통찰할 수 있게 해주는 더 의미 있고 유용한 렌즈를 제공하느냐의 여부다. 덧붙이자면, 어떤 패러다임도 영원히 유효하지는 않다. 문명에 바탕을 둔 접근은 20세기 말과 21세기 초의 세계정세를 이해하는 데 유용할지 모르지만 그렇다고 이런 접근법이 20세기 중반에도 유용했다거나 21세기 중반에도 유용하리라고 내다보는 것은 아니다."

5

시공간 보정은
셀프

　정치·사회 장르의 서적에는 현상 분석을 위한 도구로서 저자가 특수한 의미를 부여한 핵심 개념 혹은 특수 용어가 등장한다. 정치 및 사회 현상을 포착해 법칙으로 일반화하는 과정에서 추상화와 개념화가 수반되기 때문이다. 이를테면 '아노미(Anomie)'*, '판옵티콘(Panopticon)'**, '프레임(Frame)'***과 같은 용어들은 저자가 구체적인 사회 현상을 법칙화하기 위해 특정한 의미를 부여하여 창안한 개념들이다.

　저자가 제시한 개념이 현실 설명력을 지녔는지 검증하는 것은 독자의 몫이다. 검증의 방식은 간단하다. 추상화된 개념을 구체화하는 것이다. 개념을 구체화하는 가장 쉬운 방법은 내가 속한 시대와 공간에서 해당 개념이 어떻게 적용될 수 있는지 익숙한 사례에 대입하여 사고해 보는 것이다. 이러한 시공간 보정 작업을 통해 개념을 구체화하여 이해하는 작업은 해당 개념을 사회현상의 분석에 자유자재로 응용할 수 있는 밑바탕이 된다. 이러한 작업을 통해 사회를 분석하는 하나의 렌즈를 내 것으로 체화할 수 있다.

'아비투스(Habitus)'의 현실 설명력

프랑스의 사회학자 피에르 부르디외(Pierre Bourdieu, 1930~2002)가 『구별 짓기(La Distinction)』(1979)에서 제시한 '아비투스' 개념을 예로 들어 보자. '아비투스'는 최근까지도 현실의 불평등과 부조리를 지적하는 견지에서 미디어에서 꾸준히 언급되고 있는 사회학 용어다. '아비투스'란 계층 및 사회적 지위의 결과이자 표현으로서 타인과 나를 구별 짓는 취향, 습관 및 사고방식을 뜻한다. 부르디외는 1960년대 프랑스 파리 시민 약 1,200여 명을 대상으로 설문조사를 실시, 그 결과를 분석해 '아비투스'란 개념을 들어 설명했다.

부르디외가 상층 계급과 하층 계급의 '아비투스' 격차를 극명하게 보여 주기 위한 매개로 제시하는 것 중 하나는 바로 육체노동으로 인해 주름지고 더럽혀진 노파의 손을 적나라하게 찍은 사진 작품에 대한 반응의 차이다. 그에 따르면 상층 계급일수록 해당 사진에 대해 '인생의 역정을 함축적으로 표현한 예술', '노동의 신성함을 반영하는 작품'과 같이 평하는 등 작품 자체가 의도한 의미를 해석하려는 태도와 함께 작품과의 거리두기에 기반

::
노인의 손
Old Man's Hands

한 미적 인식의 여유를 드러냈다. 반면 하층 계급일수록 사진에 대해 '징그럽다', '추하다'와 같이 감정적인 거부 반응을 보이는 한편, '만약 나라면 저런 사진은 절대 찍지 않을 것이다'라고 평하는 등 작품 자체의 의미와 미학적 가치에 접근하지 못하는 경향성을 드러냈다. 이러한 반응의 차이는 각기 주어진 사회경제적 환경에서 성장하면서 은연중에 체화한 '아비투스'의 발현이라는 것이 부르디외의 주장이다. 그는 이러한 분석을 통해 현대 사회에서 계급 불평등과 양극화를 체계적으로 확대 재생산하는 사회 구조의 고착화를 비판했다.

영화 〈기생충〉의 정치사회학

'아비투스'가 시사하는 계급 격차에 대한 문제의식은 오늘날에도 여전히 뜨겁고 논쟁적인 이슈다. 봉준호 감독의 영화 〈기생충〉이 극심한 사회 양극화와 계급 불평등의 현실을 신랄한 풍자로 승화시켜 폭발적인 대중적 반응과 공감을 불러일으킨 사례를 떠올려 보자. 영화 속에서 부르디외의 '아비투스' 개념을 표상하는 상징과 은유를 발견하는 것은 어렵지 않다. 그중에서도 주목할 만한 메타포(metaphor)는 바로 '폭우'다. 같은 비라도 상층 계급과 하층 계급이 이를 받아들이는 방식은 현저히 다르다. 반지하에 사는 하층 계급민들에게 폭우는 공포이자 재앙이다. 사정없이 내리꽂는 폭우는 자신들의 삶의 공간을 파괴하고 생존을 위협할 개연성을 내포하기 때문이다. 그들은 살기 위해 중력이 실린 거대한 물줄기에 저항해야 한다. 죽음의 위협 앞에선 어떠한 상상력도, 낭만도, 유희도 허용되지 않는다. 반면 고지대 부촌의 대저택에 사는 상류층에게 폭우란 마당의 운치를 더하는 기분전환용 이벤트 중 하나일 뿐이다. 아이들은 비 한 방울 새지 않는 고급 텐트 속에서 캠핑 놀이 삼매경에 빠지고 어른들은 통유리 너머 비 내리는 풍경을 감상하며 낭만에 젖는다. 다음 날 미세먼지 사라진 맑은 하늘을 보고 들뜬 기분에 즉흥적으로 가든 파티를 계획하는 것 역시 폭우 덕분이다. 이처럼 상류층의 생활 공간이 늘 쾌적하고 여유롭고 유쾌한 데 반해 하류층의 생활 공간은 꿉꿉하고 열악하며 처절하다. 이처럼 일상의 여러 변수에 대응하는 총체적인 습관과 태도와 마음가짐이 바로 '아비투스'다. 환경의 차이는 판이하게 다른 '아비투스'를 지닌 계급 구성원을 길러 내고 서로를 구별 짓게 한다.

::

사회 양극화

Social Polarization

현상을 분석하는 렌즈는 다다익선(多多益善)

영화 〈기생충〉에서 비판하는 계급 간 '아비투스'의 격차는 현재 우리 사회에서 일어나고 있는 현실의 단면이다. 이처럼 현실의 구체적인 사례에 비추어 개념을 정확히 이해하면 현실을 바라보는 시각도 더욱 날카롭고 예리해진다. 세상을 해석하는 유용한 렌즈를 하나 더 장착하게 된 셈이기 때문이다. 정치·사회 장르에서 특히 다독이 좋은 이유가 바로 여기에 있다. 복잡다단한 세상사엔 정답이 없는 만큼 현상을 분석하는 렌즈는 많으면 많을수록 좋기 때문이다. 세상을 바라보는 다양한 렌즈를 '내 것'으로 체화하면 할수록 세상은 또렷하게 보인다. 많은 렌즈를 '내 것'으로 만들수록 그동안 별생각 없이 지나쳤던 일상의 사소한 단서도 그냥 넘기지 않는 명민한 비판의식과 풍부한 해석력을 갖추어 나갈 수 있다. 이것이 바로 정치·사회 장르 서적을 읽는 가장 중요한 이유다.

* 아노미(Anomie)

프랑스의 사회학자 뒤르켐(David-Émile Durkheim, 1858~1917)이 주장한 사회 병리
학의 기본 개념으로, 행위를 규제하는 공통 가치나 도덕 기준이 없어 구성원들이 사회에
적응하지 못하고 신경증·비행·범죄·자살 따위가 난무하는 혼돈 상태를 의미한다.

** 판옵티콘(Panopticon)

영국의 공리주의 철학자 제러미 벤담(Jeremy Bentham, 1748~1832)이 제안한 교도소
의 형태로, 교도소에서 중심에 어둡게 자리한 감시자들은 외곽에 위치한 피감시자들을
감시할 수 있으나, 피감시자들은 감시자들을 감시자들의 존재 여부를 확인하기조차 어렵
게 설계되어 있다. 이후 프랑스의 철학자 미셸 푸코(Michel Foucault, 1926~1984)가
자신의 저작 『감시와 처벌(Discipline and Punish)』(1975)에서 이 용어를 차용하여 현
대 사회가 마치 죄수들을 감시하는 '판옵티콘'처럼 개인의 일거수 일투족을 감시하고 통
제함으로써 구성원들이 규율을 내면화하고 권력에 자발적으로 복종하게 만든다고 지적
한 바 있다.

*** 프레임(Frame)

미국의 사회학자 어빙 고프만(Erving Goffman, 1922~1982)이 저서 『프레임 분석
(Frame Analysis)』(1974)에서 제시한 개념으로, 그에 따르면 프레임이란 정보가 구
축되고, 정의되며, 명명되고, 분류되는 일련의 원칙이자 기본적인 인지 구조(Cognitive
Structure)를 의미한다.

CHAPTER 6

일상의
탈출구
: 문학

1

행간에 빠져들어
마음껏 상상하라

활자를 매개로 마음껏 상상할 수 있다는 것은 문학 작품을 읽음으로써 누릴 수 있는 가장 큰 즐거움이다. 이는 아이러니하게도 요즘 세상 사람들의 관심사에서 문학 작품을 멀어지게 만드는 이유가 되기도 한다. 굳이 시간을 들여 머리를 굴리고 상상하는 수고를 들이지 않아도 누구나 선호하는 정보를 빠르게 얻고 쉽게 만족에 도달할 수 있는 영상 미디어의 전성시대다. 말초신경을 자극하는 숏폼(Short-form) 영상들이 우리의 감각을 지배하며 사고를 무력화한다. 심지어 인공지능(AI)이 인간에게 텍스트로 주문을 받아 현실보다 더 현실감 있는 영상을 즉석에서 만들어 주는 소름 돋는 기술 혁명이 현재 진행 중이다. 컴퓨터가 단순 계산을 넘어 인간을 대신해 상상까지 해주는 시대에 살고 있는 우리는 마땅히 경각심을 가져야만 한다.

상상은 인간의 특권이다. 문학은 상상력을 지닌 인간이 지켜내야 할 최후의 보루다. 소설 내용을 요약해 주는 북리뷰 영상이나 다이제스트 서적에만 의존하지 말고 직접 원작을 마주하자. 그리고 온전히 느껴 보자. 텍스트를 매개로 상상하는 행위가 얼마나 즐겁고 짜릿한가를, 그리고 그대의 상상력이 어디까지 미칠 수 있는지를.

마치 영화감독이 된 기분으로

"노인은 곧 잠이 들었고, 아직 소년이었을 시절에 본 아프리카에 대한 꿈을 꾸었다. 황금빛으로 빛나는 긴 해변과 눈이 부시도록 새하얀 해안선, 그리고 드높은 갑(岬)과 우뚝 솟은 커다란 갈색 산들이 꿈에 나타났다. 요즈음 들어 그는 매일 밤마다 꿈속에서 이 해안가를 따라 살았고, 꿈속에서 파도가 으르렁거리는 소리를 들었으며, 파도를 헤치며 다가오는 원주민의 배들을 보았다. (중략) 사자들은 황혼 속에서 마치 새끼 고양이처럼 뛰어놀았고, 그는 소년을 사랑하듯 이 사자들을 사랑했다."

::

장 레옹 제롬의 〈고독〉

〈Solitude〉, Jean-Léon Gérôme

어니스트 헤밍웨이(Ernest Miller Hemingway, 1899~1961)의 『노인과 바다(The Old Man and the Sea)』(1952)에서 개인적으로 가장 좋아하는 대목이다. 어린 시절 이 대목을 처음 읽었을 때의 신선한 충격을 지금도 잊지 못한다. 늙어감에 따라 바다에서 고기를 잡지 못한 채 빈 배로 돌아오는 날들이 많아지지만, 노인은 패배감에 무릎 꿇기는커녕 젊은 날의 순수와 패기를 가슴에 새긴다. 꿈은 무의식의 발현이라 했던가. 비장한 마음으로 출어를 앞두고 간밤에 그가 꾼 꿈 역시 청년 시절의 기억에 아로새겨져 있는 아름다운 풍경이다.

이 대목을 읽으며 그 풍경을 상상할 때마다 마치 내가 영화감독이 된 것 같았다. 노인의 기억 속 바로 그 시공간에 존재하는 것처럼 공기의 온도와 습도와 색깔까지 손에 잡힐 듯 생생히 느껴졌다. 그 배경엔 보헤미아 태생의 작곡가 구스타프 말러(Gustav Mahler, 1860~1911)의 교향곡 5번 4악장 아다지에토(Adagietto)가 잔잔히 흐르는 것 같았다. 인생의 고된 역정과 회한을 넘어 담담히 희망을 떠올리는 노년의 꿈을 비장하게 그려내는 데에 그만한 선곡이 없었다. 잘게 부서진 파도의 포말이 햇빛에 산란되어 반짝이는 해변을 따라 은빛 갈기를 휘날리며 달리는 백사자들의 모습을 상상하는 건 늘 설렜다.

영상보다 활자가 좋은 이유

어릴 때부터 문학소녀였던 나는 영화나 드라마를 시청하는 것보다 소설을 읽는 것이 훨씬 즐거웠다. 영화나 드라마를 볼 땐 만들어진 영상을 그저 받아들여야 하지만 책을 읽을 땐 어떤 영상이든 내 머릿속에서 만들어 낼 수 있기 때문이다. 상상 속에서 문장을 시각화하는 작업은 언제나 날 가슴 뛰게 한다. 행간을 읽으며 최대한 구체적인 공감각을 동원하려 애쓰다 보면 어느새 소설 속 시공간 속에 들어가 자리한 나 자신을 발견한다. 대화를 주고받는 주인공들의 미세한 얼굴 근육 움직임과 목소리의 떨림까지 모두 내 머릿속에서 드라마처럼 흘러간다. 위기와 절정을 향해 치닫는 과정의 긴장감, 극적인 반전에서 폭발하는 카타르시스는 나의 상상 속에 있을 때 더욱 강렬하다.

영상을 볼 때는 뇌의 일부만 활성화되는 반면 책을 읽을 때는 앞쪽 뇌가 뒤쪽 뇌에 저장된 장면과 정보를 활용하면서 뇌 전체가 활성화된다고 한다. 책을 집중해서 읽을 때엔 언어를 이해하는 영역뿐만 아니라 감정과 기억, 심지어 신체 동작이나 촉감과 관련된 뇌 영역까지 활성화되어 MRI상에서 뇌의 전기신호 급증이 포착된다는 연구 결과가 있다. 정말 그렇다. 문학 작품을 읽으며 나 스스로를 스토리 안에 이입하여 더 깊은 감정선을 느끼려 노력할수록, 구체적인 감각을 상상하려 애쓸수록 감흥은 배가된다. 인공지능은 인간의 상상력을 흉내 낼 순 있지만 감동을 대신 느껴 주진 못한다. 원작을 가까이 하자. 행간에 푹 빠져들어 깊이 느끼고 자유롭게 상상하자. 무엇을 상상하든 원작 그 이상일 것이라 믿으며.

2

메타포를 통한
사고의 확장

문학은 정보 전달이나 설득을 위해서 작성된 글이 아니라 숨은 의미의 해석을 통한 감동의 전달을 목표로 하는 언어 예술이다. 문학이 예술인 까닭은 메타포를 지니고 있기 때문이다. 작가는 메타포를 통해 무궁무진한 해석의 가능성을 열어 두고 있다. 작가가 심어 놓은 메타포를 독자가 어떻게 해석하느냐에 따라 작품 전체의 의미와 메시지, 그리고 촉발되는 감정의 유형도 달라진다. 문학 작품을 읽을 때 서두르지 않고 차분히 문장과 단어를 곱씹어야 하는 것은 극의 전개에 있어 결정적인 은유와 상징을 놓치지 않기 위함이다. 문학 작품에 등장하는 그 어떤 단어도 작가의 치밀한 의도와 선택에 의거해 그 자리에 놓여 있는 것임에 유념하자. 마치 보물찾기 하듯 집중해서 메타포를 발견해 내고 그 의미를 다각적으로 해석하는 작업은 깊고 풍부한 작품 이해를 위한 필요조건이다.

"새는 알에서 나오려고 투쟁한다. 알은 세계다. 태어나려는 자는 한 세계를 파괴해야만 한다. 새는 신에게 날아간다. 신의 이름은 아브락사스(Abraxas)다."

헤르만 헤세의 대표작 『데미안』에서 가장 잘 알려진 대목이다. 읽는 동시에 '이게 무슨 의미일까?' 하는 의문을 품게 하는, 전형적인 은유로 구성된 문장들이다. 저자인 헤세가 '새', '알', '아브락사스'라는 개념을 통해 무엇을 의도했는지 명확하게 답을 제시하지는 않는다. 다만 『데미안』이 지금까지도 활발하게 연구되고 있는 고전인 만큼 메타포의 의미에 대한 암묵적인 합의는 어느 정도 이루어져 있는 것으로 보인다. '새'가 성장통을 겪는 나약한 자아를, '알'이 자신만의 좁은 세계를, '아브락사스'가 선과 악이 공존하는 세계를 받아들일 수 있는 정신적 성숙을 의미한다는 해석이다.

::

이반 트보로즈니코프의 〈선과 악의 싸움〉

〈The Struggle of Good and Evil Spirits〉 by Ivan Tvorozhnikov

독창적인 의미 부여의 자유

여기에서 한발 더 나아가 독자는 작품에 대한 이해와 감상, 자신이 처한 개인적인 상황과 세계관 등에 의거해 메타포에 독창적인 의미를 부여할 자유를 갖는다. 예를 들어 전후 독일 청년들에게 『데미안』의 '새'는 상처 입고 피폐해진 자화상을, '알'은 폐허가 되어 버린 사회상을, '아브락사스'는 불안과 희망이 공존하는 유토피아로 읽혔을 것으로 추측해 볼 수 있다. 한편 1960년대 반전 운동을 벌인 히피들에게 『데미안』의 '새'는 인간성의 회복과 평화를 갈망하는 자신들을, '알'은 억압적이고 위선적인 기존의 사회 질서를, '아브락사스'는 자유와 일탈의 경계를 아슬하게 넘나드는 새로운 가치 체계를 의미했으리라 짐작해 볼 수 있다. 그런가 하면 BTS에 고무되어 『데미안』에 빠져든 21세기 MZ들에게 '새'는 정체성의 혼돈을 겪는 미성숙한 자아를, '알'은 스스로를 위축시키는 편협한 세계관과 용기 부족을, '아브락사스'는 고뇌와 시행착오 끝에 도달하는 진정한 자아 인식과 성숙의 단계를 의미할 것이라 해석해 볼 수 있을 것이다.

주인공의 이야기에서 나의 이야기로

여러분에게 '새'는 누구이고 '알'은 무엇이며 '아브락사스'는 무엇을 의미하는가. 정해진 답은 없다. 여러분이 어떤 삶을 살아왔으며 어떤 생각을 하면서 어떤 내일을 그리는지에 따라 다르게 읽힐 것이다. 혹은 다른 시공간 속 누군가에게 같은 단어가 어떻게 달리 해석될 수 있을지를 상상한다면 또 새로운 의미를 도출해 낼 수 있을 것이다. 중요한 것은 메타포에 관한 다양한 해석과 의미 부여를 통해 작품을 풍부하게 이해하는 것, 그리고 세상을 바라보는 시각을 넓히며 내가 어떤 사람인지를 깨닫는 것이다. 주인공의 이야기에 숨겨진 메타포를 발견하고 그 의미를 해석하여 나의 이야기를 써나가는 즐거움은 문학 장르를 통해서만 누릴 수 있는 순수한 희열이다.

3

작가의 페르소나에
주목하자

문학 장르의 특성상 작가는 작중 인물의 입을 빌려 하고 싶은 이야기를 독자에게 우회적으로 전한다. 그 과정에서 작가는 자기 삶의 경험을 대변하는 페르소나를 작중 인물로 등장시키는 경우가 많다. 작품 속에서 작가의 페르소나를 찾아내어 작가의 실제 삶과 연계해 비교 분석하는 작업은 작가가 전하고자 하는 진짜 메시지를 파악하는 데 결정적인 단서를 제공한다. 특히 주요 인물이 어떠한 좌절과 시련을 겪는지, 그리고 이를 어떻게 극복하는지에 주목하면 인생의 진리와 진실에 대한 깊이 있는 통찰을 얻을 수 있다.

요절한 베르테르, 늙어 죽은 괴테

작가가 자신의 실제 경험을 토대로 집필한 대표적인 작품으로 괴테(Johann Wolfgang von Goethe, 1749~1832)의 『젊은 베르테르의 슬픔(Die Leiden des jungen Werthers)』(1774)을 들 수 있다. 괴테는 스물네 살 무렵 겪은 실연의 기억을 바탕으로 자신의 페르소나인 베르테르라는 캐릭터를 창조했다. 베르테르는 정혼자가 있는 여인 샤를로테 부프(Charlotte Buff)를 연모하지만 이루어질 수 없음을 깨닫고 괴로워하다 끝내 권총으로 생을 마감하는 인물이다. 행간에 흘러넘치는 그의 절절한 사랑과 비통한 심경은 실제 경험하지 않고서는 상상할 수 없었을 법한 무게감을 띤다. 다만 차이가 있다면 베르테르는 자살했지만 괴테는 자살하지 않았다는 것이다.

당대 수많은 젊은이들이 괴테의 책을 읽고 모방 자살을 시도해 '베르테르 효과(Werther Effect)'라는 용어까지 생겨났지만 정작 괴테는 현생에서 잘 먹고 잘 살다가 늙어 죽었다는 것이 아이러니한 점이다. 심지어 그는 샤를로테를 못 잊기는커녕 다른 여인과 결혼도 하고 노년기에도 연애를 즐겼다. 실제로 괴테에게 샤를로테와의 만남과 이별은 자신의 인생을 뒤흔들어 놓은 중대한 사건이었지만 죽을 정도는 아니었던 것이다. 그는 대신 자신의 분신인 베르테르를 요절시킴으로써 고통을 극복하고 새출발했다. 현실의 괴로움을 예술로 승화시킨 결과물이 바로 그를 세계적 대문호의 반열에 올린 『젊은 베르테르의 슬픔』이다.

작가가 전하는 진짜 메시지

이처럼 작품과 작가의 삶을 연계하여 해석하면 작품의 진정한 의미와 작가가 전하고자 하는 진짜 메시지가 보인다. 괴테는 청년들에게 죽음을 권장한 것이 아니었다. 그는 베르테르를 통해 이상주의자의 생애를 묘사했지만 현생에서 그는 지극히 이성적인 현실주의자였다. 베르테르는 현실의 온갖 법칙과 제도를 뛰어넘어 감정에 충실하며 살아가고자 하는 낭만주의자의 전형이지만 순진한 로망만으로는 살 수 없다는 현실을 괴테의 실제 삶이 대변한다. 그토록 절절하게 누군가를 그리워하고 사랑할 수 있다는 것은 젊음만이 누릴 수 있는 특권이므로 모든 감각과 감정을 온전히 느끼라, 다만 그 과정에서 경험하는 슬픔과 고통은 인생 전체에서 단지 스쳐 가는 순간에 불과함을 잊지 말라는 괴테의 메시지를 놓쳐서는 안 된다.

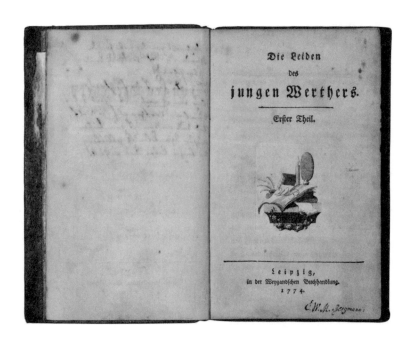

::

『젊은 베르테르의 슬픔』 초판

First Edition of *Die Leiden des Jungen Werthers*

결국 괴테의 『젊은 베르테르의 슬픔』은 자신의 치기 어린 청춘에 대한 애틋한 향수의 반영으로 해석할 수 있다. 괴테는 이별의 아픔을 못 이겨 삶을 포기하려 했던 그 시기를 떠올리며 자서전에 이렇게 담담히 적고 있다.

"내가 수집한 많은 무기들 중에는 아주 진귀하고 날이 예리한 칼 하나가 있었다. 나는 이 칼을 언제나 침대 옆에 두고 잠들기 전에 그 예리한 칼끝이 내 가슴속을 몇 센티미터나 파고들 수 있을 것인지 시험해 보았다. 그러나 한 번도 성공할 것 같지 않아 마침내 나는 스스로를 조소하고 우울증적인 모든 장난을 포기했으며, 살아 나가기로 결심했다. 그러나 나는 명랑하게 살아가려면 작가로서의 과제를 수행해야 했으며, 이 중요한 점에 대해 내가 느끼고 생각하고 상상한 모든 것을 언어로 표현하지 않으면 안 되었다."

무려 천 페이지에 육박하는 그의 자서전에서 실제 샤를로테가 등장하는 분량이 단 몇 페이지에 불과하다는 사실은 괴테에게 그녀가 어떤 의미인지 시사한다. 그녀는 그의 삶에서 분기점과도 같은 중대한 사건이었지만 그에게 현실의 삶을 채찍질하고 예술적 영감을 불어넣었다는 점에서 그러했다. 그녀와의 이별 후 그의 인생은 더욱 바쁘게 돌아갔다. 괴테는 결별의 슬픔

::

괴테가 연모했던 샤를로테 부프

Portrait of Charlotte Buff by Julius Giere

에 사로잡혀 정체되는 대신 그의 마음을 사로잡은 또 다른 여인들과 사랑을 나누고 작품을 써나갔다. 만약 괴테가 스물넷에 삶을 포기했다면 『빌헬름 마이스터의 수업시대(Wilhelm Meisters Lehrjahre)』(1795), 『파우스트(Faust)』(1808)와 같은 대작도 인류사에 없었을 것이다. 그는 창작 활동을 통해 아픔을 극복하고 위대한 업적을 남겼다. 인생에는 수많은 격정과 고통이 따르지만 결국 다 지나간다는 것, 그리고 순간순간의 감정에 충실하되 인생의 큰 그림을 볼 수 있어야 한다는 메시지를 그의 생애를 통해 발견할 수 있다.

4

생각은 나눌수록
넓고 깊어진다

문학 작품을 이해하고 감상하는 데에는 어떤 공식이나 정답이 없다. 저자가 특별히 해설을 덧붙이지 않은 한 작품에 대한 해석과 평가는 오롯이 독자의 권한이다. 단지 기계적으로 읽고 줄거리를 파악하는 것을 넘어 적극적으로 작품의 의미를 도출해 내려는 노력이 독자에게 요구되는 것은 바로 이 때문이다. '작품의 의도는 무엇이며 이를 어떻게 받아들일 것인가?' 하는 능동적인 사고의 과정을 거쳐야만 문학 작품을 제대로 읽었다고 할 수 있다. 혼자 읽고 생각하는 것보다 더 좋은 것은 여러 사람이 모여 각자의 독창적인 해석을 공유하는 것이다. 세상을 다양한 관점으로 바라볼 수 있음을 이해하고 그 안에서 인간사의 어떤 진실을 발견할 때 사고의 지평을 획기적으로 넓힐 수 있다.

독서 토론의 올바른 방법

　문학 장르에서 특히나 빛을 발하는 것이 바로 독서 토론이다. 토론 인원은 10인 이내가 적당하며 그중 1~2인이 발제문을 준비하여 이를 토대로 토론을 진행하는 것이 좋다. 발제의 원칙은 발제 범위 내에서 주목할 만한 화두를 던지고, 그에 대한 자신의 생각을 이야기하고, 사람들의 생각은 어떤지 묻는 것이다. 발제를 맡았다면 우선 해석에 있어 논란이 분분하거나 헷갈리는 부분을 위주로 기존의 평론이나 논문, 전기 등의 자료들을 검토하며 분석하고, 작품 및 작가에 관한 구체적인 사실과 사례를 토대로 자신의 의견을 개진하며, 이에 대한 사람들의 의견을 묻고 비판과 제안을 수용해 토론하는 단계로 진행한다. 발제문에는 단지 작품의 내용뿐 아니라 작품 집필 당시의 사회상, 작가의 생애, 비화, 편지나 일기 등 미공개 기록을 포함한 다양한 자료와 배경 지식을 담으면 더욱 풍부하고 퀄리티 높은 토론에 기여할 수 있다.

　작품 자체에 대한 호불호가 갈리고 모호한 상징과 은유를 많이 담고 있는 작품일수록 독서 토론은 흥미로워진다. 그 좋은 예로 미국의 소설가 스콧 피츠제럴드(Francis Scott Key Fitzgerald,

1896~1940)의『위대한 개츠비((The Great Gatsby)』(1925)를 들 수 있다. 『위대한 개츠비』는 '위대한 미국 소설(GAN: Great American Novel)'의 대표격으로 여겨지며 꾸준히 사랑받는 스테디셀러 고전인 동시에 다소 뻔하고 지루한 서사와 공감하기 어려운 캐릭터 등의 요소로 인해 '이게 왜 위대함?'이라는 반문을 불러일으키기도 하는 작품이다. 이러한 평가의 양극화가 시사하는 것은 표면적인 스토리라인을 넘어 작품의 시대사적 배경과 작가의 숨은 의도, 메타포의 의미 등을 제대로 파고들어 해석하고 이해해야만 비로소 보이는 것이 분명 있다는 것이다. 발제자는 이러한 점을 참여자들에게 상기시키고 필요한 정보와 배경 지식을 제공하며 화두를 던지는 역할을 해야 한다. 소설의 해석에서 쟁점이 될만한 이슈들을 위주로 다음과 같이 발제문을 작성해 보자.

◈ 〈발제: 위대한 개츠비- 개츠비는 위대한가?〉

1. 개츠비에게 데이지란?

개츠비에게 데이지는 첫사랑이자 꿈이며, 삶의 이유이자 목표다. 개츠비는 맹목적으로 그녀를 원하고 신격화하며 그녀를 되찾기 위해 수단과 방법을 가리지 않는 저돌성을 보인다. 데이지의 마음을 되돌리기 위한 그의 계획은 간단하다. 바로 어마어마한 부를 쌓아 허영심 많은 그녀의 환심을 사는 것. 그는 무일푼 장교 시절 데이지에게 차인 것이 가난 때문이라 믿었으므로 자신이 큰 부자가 되기만 하면 당연히 데이지를 자기 것으로 만들 수 있다고 확신한다. 이미 유부녀가 되어 버린 데이지를 되찾기 위한 장기적인 계획을 차근차근 치밀하게 실행에 옮기는 개츠비. 그에게 데이지란 존재는 과연 어떤 의미일까?

1) 순수한 사랑

많은 해설가들이 이 소설의 주제를 '개츠비의 순수한 사랑과 열정'으로 규정한다. 자신의 꿈과 희망을 현실화하기 위해 물불 안 가리고 직진하는 개츠비의 '꺾이지 않는 마음'에 주목하는 해석이다. 실제로 개츠비는 데이지를 만나기 위해 갖은 불법과 부정을 저지르며 돈을 벌고, 데이지가 사는 동네 가까이로 이사하고, 혹시나 데이지가 참석하지 않을까 하는 기대를 품고 자신의 저택에서 기약 없이 파티 열기를 반복한다. 소설의 화자인 닉 캐러웨이의 중개로 그는 결국 데이지와 꿈 같은 만남을 갖게 되고, 이어 그녀의 마음을 흔드는 데 성공하며 오랜 숙원을 차근차근 이루어 나간다. 하지만 단

::
C. R. W. 네빈슨의 〈영혼 없는 도시의 영혼〉
〈The Soul of the Soulless City ('New York - an Abstraction')〉 by
C. R. W. Nevinson

둘이 차로 이동하던 중 운전대를 잡은 데이지가 사람을 쳐 숨지게 하면서 국면은 순식간에 비극으로 전환된다. 개츠비는 그녀의 죄를 자신이 뒤집어 쓰고는 허망한 죽음을 맞이한다. 결국 그는 사랑을 위해 인생을 바치고 끝내 목숨까지 내놓은 것이다. 데이지를 위해서라면 무엇이든 불사할 각오가 되어 있던 개츠비의 무모한 열정은 과연 영혼의 순수성에 기인하는가?

2) 콤플렉스와 트라우마

반면 혹자는 개츠비의 이토록 무조건적인 집념에 공감하지 못하거나 그 저변에 어떤 심리가 깔려 있는지 의구심을 품는다. 제3자의 입을 통해 전해지는 개츠비와 데이지의 과거 연애사는 사실 남녀 간에 있을 수 있는 흔한 일화 그 이상도 이하도 아니기 때문이다. 청년 시절 누군가를 만나고 헤어지는 거야 자연스러운 삶의 과정 아닌가. 둘이 꼭 결혼해야 한다는 어떠한 필연성도 없는데 무엇이 개츠비를 그토록 그녀에게 집착하게 만들었을까. 단서는 개츠비의 날선 대사 속에 있다. 그는 데이지 부부와 삼자대면한 자리에서 데이지의 남편 톰 뷰캐넌에게 "데이지는 당신을 사랑한 적이 없었단 말입니다. 알아듣겠소? 그녀는 내가 가난했던 탓에 기다리다 지쳐서 당신과 결혼한 것뿐이오. 그건 아주 큰 실수였지만 그녀는 마음속으로 나 말고는 어느 누구도 사랑하지 않았던 거요!"라고 일갈하며 자신의 뿌리 깊은 콤플렉스를 드러낸다. 과거 그녀와의 결별로 인해 그의 유별난 자격지심이 회복 불능의 타격을 받았음을 사실상 인정하는 대목이다. 이러한 좌절의 경험이 일종의 트라우마로 작용해 '돈 아니면 죽음'과 같은 공격적인 목표가 개츠비의 뇌 구조를 장악하게 된 것이다. 다만 자신의 콤플렉스에 상처를 낸 데이지에게 증오나 복수심이 아닌 순전한 애정을 견지한 것은 개츠비의 독특한 점이다. 그가 인생을 바쳐 그녀에게 집착함으로써 얻고자 한 것은 무엇일까. 데이지라는 존재 자체일까, 아니면 콤플렉스의 극복을 통한 자존감 회복일까.

2. 피츠제럴드에게 개츠비란?

저자인 스콧 피츠제럴드는 짧은 생애 동안 자신의 경험을 투영한 다수의 자전적 소설을 남겼다. 여러 작품 중에서도 『위대한 개츠비』는 피츠제럴드의 실제 경험과 가치관이 노골적으로 드러나 있을 뿐 아니라 그의 미래를 선지적으로 암시하는 듯한 결말로 마무리된다는 점에서 특히 눈여겨 살펴볼 가치가 있다.

1) 페르소나

『위대한 개츠비』는 피츠제럴드의 가장 잘 알려진 자전 소설이다. 주인공 개츠비는 피츠제럴드의 뿌리 깊은 콤플렉스와 상처, 좌절과 트라우마를 대변하는 제1페르소나다. 개츠비의 뿌리 깊은 콤플렉스와 물질만능주의는 작가의 내면의식의 반영이다.

미국 중부의 평범한 집안에서 태어난 피츠제럴드가 어릴 때부터 남다른 사회적 야망과 계층 상승 욕망을 지니게 된 데에는 이유가 있다. 유복하지만 교양이 부족한 집안 출신의 어머니가 지닌 열등감을 학습하고 내면화한 결과다. 그는 열심히 공부해 프린스턴대에 진학했지만 상류층 자제들의 문화에 주눅 들고 소외된 채 가난한 명문대생이 뛰어넘을 수 없는 벽을 체감한다. 상처 입은 그의 콤플렉스에 돌이킬 수 없는 충격을 가한 것은 바로 실연의 경험이다. 그는 스무 살 무렵 금융 부호의 딸 지네브라 킹과 교제했으나 그녀의 부친으로부터 "가난뱅이가 부잣집 딸과 결혼하려 하다니, 꿈도 꾸지

말게!"라는 모욕적인 언사를 듣고 결별을 통보받는다. 그 후에 만난 주(州)
대법원 판사의 딸 젤디와도 혼담이 오갔으나 미래가 불투명하다는 이유로
파혼당한다. 그는 이를 악물고 반드시 성공하겠다고 다짐하며 소설 『낙원의
이편(This Side of Paradise)』(1920)을 쓴다. 작품이 크게 성공하여 엄청난 부
와 명성을 얻자 그는 보란 듯이 젤다에게 다시 청혼하여 결혼에 성공한다.
이러한 일련의 경험을 통해 성공만이 살길임을 처절하게 깨달은 그는 소위
'돈이 되는' 단편소설류를 닥치는 대로 써내고 사교계를 전전하며 사치와 허
영으로 점철된 삶을 살게 된다.

그 뒤 피츠제럴드가 『위대한 개츠비』를 펴낸 것은 제1차 세계대전 이후 미국
의 호황기인 재즈시대(Jazz Age)가 한창 무르익던 1925년, 그가 서른 살이
던 무렵이다. 그는 잡지에 줄기차게 단편소설을 써내며 돈을 벌었지만 뉴욕
의 명사로서 화려한 삶을 영위하기엔 턱없이 부족했다. 소위 성공을 이루었
음에도 여전히 좁혀지지 않는 이상과 현실의 괴리에 그는 자괴감을 느끼며
번민했을 터다. 이 과정에서 탄생한 개츠비라는 페르소나에는 쪼들리면서도
허세와 향락을 포기하지 못하는 스스로에 대한 자조와 연민이 투영되어 있
다고 해석할 수 있다.

2) 미래를 비추는 거울

개츠비가 피츠제럴드의 분신임을 염두에 두고 보면 결국 개츠비가 모든 걸
다 잃고 죽는다는 결말은 의미심장하다. 이러한 암울한 결말은 그가 그토록
갈망했던 부와 성공, 그리고 사랑 모두 결국 허망한 신기루에 불과하다는
인식을 내포하고 있기 때문이다. 피츠제럴드는 이미 깨닫고 있었던 것이다.
모든 게 다 허무하다는 걸 알면서도 멈출 수 없다는 것을. 뉴욕 한복판의 최
고급 호텔인 플라자 호텔에서 장기투숙하며 호화롭게 지내는 화려한 생활

::

피츠제럴드의 단편선
Tales of the Jazz Age

::

자동차 잡지 속 피츠제럴드 부부
A photo of F. Scott and Zelda Fitzgerald Published in *Motor Magazine*,
February-April 1924

::
피츠제럴드가 장기 투숙했던 뉴욕 맨해튼의 플라자 호텔
The Plaza Hotel in Midtown Manhattan, New York City

의 이면에 그의 잔고는 바닥을 드러내고 있었다. 그는 스물다섯의 이른 나이에 『낙원의 이편』을 대히트 시킨 후 내리막길을 걷고 있었으나 씀씀이는 커져만 갔다. 『위대한 개츠비』를 쓸 당시 20대 후반에 불과했던 그는 불안했을 것이다. 내가 다시 히트작을 쓸 수 있을까. 내가 원하는 화려한 생활을 계속 유지해 나갈 수 있을까. 이 길의 끝엔 무엇이 있을까. 그의 내면에 휘몰아친 혼돈은 개츠비의 기구한 운명을 비극적으로 끝내 버리는 길을 택했다.

실제로 피츠제럴드가 개츠비처럼 허망한 죽음을 맞이했다는 것은 놀라운 일이다. 그는 자신의 미래를 예견한 것일까. 재즈 시대가 저물면서 그의 삶도 나락으로 떨어졌다. 퇴물 작가가 되었고, 호화 생활로 수만 달러의 빚더미에 올라앉았으며, 알콜중독으로 건강이 악화되었다. 그의 장례식은 마치 개츠비의 초라한 장례식을 그대로 닮아 있었다. 『위대한 개츠비』를 완성할 당시 겨우 서른 무렵이었던 피츠제럴드는 개츠비의 비참한 말로를 써 내리며 무슨 생각을 했을까? '나는 이렇게 되지 말아야지' 하고 다짐했을까? 그 다짐이 자기실현적 예언이 되어 버리고 말았다는 건 씁쓸한 일이다.

3. 개츠비의 '위대함'이란?

지금까지의 논의를 토대로 '위대한 개츠비'의 의미를 다양하게 해석할 수 있다. '위대한 개츠비'라는 제목은 좋게 말해 개츠비의 열정과 집념, 나쁘게 말해 무모함과 집착을 모두 포괄한다. 그는 누구보다 열심히 살았지만 부도덕했으며 이기적이었다. 이 모든 특성을 극적으로 함축하는 데에 '위대한(Great)'이라는 단어만 한 것이 없을 것이다. "역시 대단해!"와 같은 칭송의 의도 이면에 "참 대~단하시네!"와 같이 누군가를 비꼬거나 조롱하려는 의도로도 빈번히 사용되는 이 단어의 미묘한 반어법적 뉘앙스를 고려하면 꽤나 탁월한 단어 선택이었다고 평가할 수 있다. 개츠비가 여러모로 대단했던 것은 사실이기 때문이다.

피츠제럴드는 과연 어떤 의미로 자신의 페르소나에게 '위대한'이라는 수식어를 부여했을까?
그 근저에 깔려 있는 심리는 자기 변호일까, 자기 연민일까, 자기 혐오일까?
여러분의 생각은 어떠한가?

페트러스 반 쉔델의 〈촛불 아래 독서〉
〈Reading by Candlelight〉 by Petrus van Schendel

• **Epilogue**

독서는 자아를 찾는
과정이다

저와 함께한 장르별 독서법의 여정, 어떠셨나요? 장르별 독서법의 차이가 무엇인지, 그리고 왜 그런 차이를 두어야 하는지를 이해하면 '무엇을 어떻게 읽을 것인가'가 명확해집니다. 분명한 목적의식을 갖고 저자의 의도를 추리하며 읽는 것이 바로 장르별 독서법의 핵심입니다. 독서의 본질적인 문제인 "무엇을 어떻게 읽을 것인가?"에서 '무엇'은 특정한 장르의 서적을, '어떻게'는 해당 장르의 특화된 독서법을 의미합니다. 일단 '무엇'과 '어떻게'에 대한 전략만 제대로 세워도 이미 절반은 성공한 독서라고 해도 과언이 아닐 정도로 장르별로 최적화된 독서법을 체화하여 활용하는 것은 독서 효율을 높이는 데에 큰 도움이 됩니다.

유의할 점은 장르별 차이에만 기계적으로 집중한 나머지 모든 장르를 관통하는 독서의 공통적인 대전제를 망각해서는 안 된다는 것입니다. 이미 느끼셨겠지만 모든 장르별 독서법은 독서가 책의 내용을 '내 것'으로 재탄생시키는 과정이라는 대전제에 기반합니다. 책의 내용을 학습하는 것에서 한 걸음 더 나아가 '나의 의견', '나의 철학', '나의 해석'을 정립하는 데까지 도달해야 진정한 독서가 완성된다는 의미입니다. 책 내용 자체를 외우는 데 방점을 두면 마치 시험 공부하는 것처럼 지루해지지만, 책을 기반으로 '내 생각'을 바로 세우는 것을 목표로 하면 호기심과 집중력이 자극되어 한결 흥미로워집니다. 또 책 내용을 분석하고 비판하는 적극적인 사고 과정에 의해 책 내용이 더욱 강렬하게 기억에 각인됩니다. 책을 '내 것'으로 소화하여 나만의 새로운 생각을 창조해 내겠다는 목표의식은 의미 있는 독서를 위한 가장 효과적인 동력입니다.

문득, 어린 시절 육상부 선생님께서 알려 주셨던 달리기 노하우가 떠오릅니다.

"빠르게 달리기 위해서는 결승선 너머에 '진짜 결승선'이 있다고 뛰어라. 대부분의 선수들이 결승선 근처까지 가면 '이제 됐다' 싶어서 자세가 흐트러지고 속도가 느려진다. 하지만 결승선 너머 적어도 20m까지는 폼을 그대로 유지한 채 막판 스퍼트를 가해야 한다. 그래야 기록을 낼 수 있다."

그래서 전 항상 결승선 테이프를 끊고도 담벼락에 부딪칠 때까지 달리곤 했습니다. 이러한 가르침은 비단 달리기에서만 유효한 것이 아니라 인생 전반에 있어 경각심을 주는 값진 교훈이 되었습니다. 독서도 마찬가지입니다. 독서란 책을 읽는 행위 그 자체로 종료되는 것이 아님에 유념해야 합니다. 읽는다는 것은 나의 사고력과 상상력을 발전시키기 위한 수단적 행위이며, 근본적인 목표는 나의 생각을 발전시키는 것임을 염두에 두면 독서는 더욱 수월해집니다.

독서를 통해 '나의 의견', '나의 철학', '나의 해석'을 정립하는 것은 결코 쉬운 일이 아니며, 일단 책 내용을 제대로 이해했다는 전제하에만 가능한 일입니다. 책 내용을 100% 이해하기만 하면 결승선에 도달할 수 있을 것처럼 보이지만, 사실 '진짜 결승선'은 책 내용에 대한 숙지를 너머 책 내용을 토대로 자아를 발견하는 단계에 놓여 있습니다. 책 내용에 비추어 내가 어떤 사람인지, 어떤 가치관과 윤리의식을 가졌는지, 또 어떤 미의식과 세계관을 가졌는지를 깨닫기 전에는 게임이 끝났다고 말할 수 없습니다. '진짜 결승선'을 향해 집중력을 유지하며 치열하게 생각하고 고민하고 상상하다 보면 어느새 책의 내용을 거뜬히 이해하는 단계를 넘어 진정한 나의 참모습에 가까이 도달한 스스로를 발견할 수 있을 것입니다.

—

장르별 독서법

무엇을 어떻게 읽을 것인가

글 임수현
발행일 2024년 6월 30일 초판 1쇄

발행처 디페랑스
발행인 노승현
책임편집 민이언
출판등록 제2011-08호(2011년 1월 20일)
주소 서울특별시 마포구 양화로81 320호
전화 02-868-4979 팩스 : 02-868-4978

이메일 davanbook@naver.com
홈페이지 davanbook.modoo.at

ISBN 979-11-85264-94-3 03800

＊「디페랑스」는 「다반」의 인문, 예술 출판 브랜드입니다.